講談社文庫

御隠居剣法

駆込み宿　影始末㈠

鳥羽　亮

講談社

もくじ

第一章　口入れ屋　7
第二章　母の行方　58
第三章　訊問　109
第四章　古道場《ふるどうじょう》　160
第五章　救出　208
第六章　討手　247

御隠居剣法　駆込み宿　影始末（一）

第一章　口入れ屋

1

「おや、その額《ひたい》は、どうされました」

徳兵衛《とくべえ》が驚いたような顔をして訊いた。

塚原宗八郎《つかはらそうはちろう》は、腫《は》れた額を指先で触れながら、

「いや、昨日《きのう》はひどい目に遭った。……お松《まつ》にな、湯飲みをぶっつけられたのだ」

と、顔をしかめて言った。

宗八郎は五十代半ば、肌が浅黒く面長《おもなが》で小鼻が張り、頤《おとがい》が大きかった。馬面《うまづら》の醜《ぶ》男《おとこ》だが、なんとなく愛嬌があって、憎めない風貌の主だった。双眸《そうぼう》が少年を思わせるように澄んでいたからである。

そこは、口入れ屋、安田屋《やすだや》の帳場だった。帳場といっても、帳場格子はなかった。畳敷きの座敷の隅に帳場机が置いてあり、背後に小銭箱と証文、請状《うけじょう》、印鑑などの入った小簞笥《こだんす》があるだけである。

それに、座敷は口入れ屋の請人として雇い人や奉公先を探す者たちとの相談の場でもあった。

「それは、また、ひどいことを——」

徳兵衛は帳場机から離れ、宗八郎の脇に膝を折った。

徳兵衛は安田屋のあるじだった。すでに、還暦を過ぎていた。丸顔で、糸のように細い目をしている。白髪混じりのちいさな髷《まげ》が、頭頂にちょこんと載っていた。愛嬌のある顔である。

「腰高障子《こしだかしょうじ》をあけて入った途端に、いきなり投げ付けられてな。不覚にも、かわすことができなかった」

宗八郎が渋い顔をして言った。

「それで、喧嘩の始末はつきましたかな」

徳兵衛が、宗八郎の腫れた額に目をやりながら訊いた。

「何とかな。……ただの夫婦喧嘩だ」

そう言って、宗八郎が昨日の顚末《てんまつ》を話した。

昨日の夕方、お松の亭主で大工の手間賃稼ぎをしている猪八《いはち》が血相を変えて安田屋に飛び込んできて、

「な、なんとか、お松の気を静めてもらいてえ」

と、声を震わせて言った。

徳兵衛と店に居合わせた宗八郎とで、猪八からわけを訊くと、

「今日、棟上げがありやしてね。振る舞い酒を飲んじまって……」

そう前置きして、猪八が話しだした。

猪八は酒好きで、ここ三日ほどつづけて飲んで長屋に帰り、お松に「明日も飲んできたら、家に入れないよ」と、強く念を押されていたそうだ。

ところが、猪八は振る舞い酒だったこともあって、一杯だけと思って口にした。飲むと気が大きくなり、いつものように足がふらつくほど飲んでしまった。

「……酔って家に帰《けえ》ったら、お松が包丁を振りまわして、出ていけ、もどってくるな、と叫んで、表の戸をしめちまったんでさァ」

猪八が困惑したように顔をゆがめて言った。

「分かった、おれがいっしょに行ってお松に話してやろう」

宗八郎は、お松に猪八が口にしたのは棟上げの振る舞い酒だと話せば、納得するのではないかと思ったのである。

宗八郎は猪八といっしょに長屋に行き、腰高障子をあけて土間に入った。

すると、土間の脇の流し場にいたお松が、いきなり手にした湯飲みを宗八郎に投げつけた。その湯飲みが、宗八郎の額を直撃したのである。

お松は、アッ、と声を上げ、凍りついたようにその場につっ立った。亭主だと思って投げた湯飲みが、別の男の額に当たったのだ。しかも、相手は武士である。

「お松か」

宗八郎は痛みを堪《こら》えて、お松を睨《にら》みつけた。

いっしょに来た猪八は家に入ってこられず、外に立ったまま蒼《あお》ざめた顔で成り行きを見守っている。

「は、はい……」

「武士であるおれの顔に、いきなり湯飲みを投げつけたのだ。……ただではすまんぞ」

宗八郎が、いかめしい顔をして言った。

「ご、ご勘弁を……」

お松は、土間に土下座した。

「ここで首を落としても、無礼討ちということになるな」

そう言って、宗八郎は刀の柄《つか》に手を添えた。すこしお松を脅して、言うことを聞かせようと思ったのだ。

ヒッ、とお松が、喉の裂けるような悲鳴を上げた。顔が紙のように蒼ざめ、激しく身を顫《ふる》わせている。

そのとき、猪八が土間に入ってきて、

「だ、旦那、お松は間違えたんだ。……あっしと旦那を間違えて、湯飲みを投げたんでさァ。旦那、お松を堪忍してやってくだせえ」

と、声をつまらせて訴えた。

「お、おまえさん……」

お松が、縋《すが》るような目を猪八にむけた。怒りの色どころか、猪八にしがみつきたいような素振りを見せている。

「うむ……」

宗八郎は、これなら、おれから何も言うことはない、と思ったが、

「お松、聞いたか。猪八はおれに斬られるのを覚悟して、おまえを助けるために、堪忍してくれと訴えているのだぞ。……それをなんだ。猪八に聞いたところ、おまえは猪八が棟上げのおりに振る舞われた酒を飲んだと言って、包丁を振りまわし、猪八を家から追い出したそうではないか」

と、叱責《しっせき》するような口調で言い、そっと身を引いた。

すると、お松は猪八を見上げ、

「お、おまえさん、棟上げだったのかい」

と、涙ぐんで訊いた。

「そうよ。……おれだけ、飲まねえわけにゃァいかねえじゃねえか」

「あ、あたしが、悪かったよ。……それに、たまには飲んだっていいんだよ」

お松は立ち上がり、猪八に身を寄せた。いまにも、抱き付きそうである。

……おれの仕事は済んだようだ。

宗八郎は胸の内でつぶやき、急いで戸口から出た。

「おまえさん！」

「お松！」

背後でふたりの声が聞こえ、抱き合っている気配がした。

宗八郎は話し終えると、

「痛い思いをして、たった二百文だ」

そう言って、渋い顔をした。夫婦喧嘩の仲裁として、猪八からもらったのである。

「これも、御助《おたす》けの仕事ですよ」

徳兵衛が笑みを浮かべて言った。

安田屋は口入れ屋だが、「駆込み宿」とか「御助け宿」などとも呼ばれていた。

口入れ屋は慶庵《けいあん》、請宿《うけやど》などとも呼ばれ、下男下女、中間《ちゅうげん》などの奉公人を雇う側と雇われる側の間にたって世話をし、双方から相応の仲介料をとるのである。

慶庵は口入れ屋の別称だが、慶庵という者が婚姻の仲立ちをして金品を受け取り、これを生業《なりわい》としたことから、口入れ屋をそう称するようになったとか。

ただ、口入れ屋の安田屋が駆込み宿とか御助け宿と呼ばれるのは、特別の理由があった。

安田屋は本来の口入れ屋の仕事にくわえ、揉《も》め事の仲裁や人助け、ときには家出人捜し、仇討ちの助太刀までした。また、安田屋には、身を隠す必要のある者や遠方からの駆込み人を泊めておく部屋が二階にあった。それで、駆込み宿とか御助け宿などと呼ばれるようになったのである。

一階の帳場の奥には、駆け込んできた者から話を聞くための座敷もある。徳兵衛は駆込み宿の主でもあったのだ。

宗八郎は御家人だったが、隠居して家を出て長屋暮らしをしていた。宗八郎は口を糊《のり》するために安田屋に来て手間賃稼ぎの力仕事を世話してもらっていたが、武士であり剣の腕がたつこともあって、主に揉め事の仲裁や人助けに当たるようになった。

宗八郎は十三歳のときから、下谷《したや》練塀小路《ねりべいこうじ》の中西《なかにし》派一刀流の道場に通い、熱心に稽古をつづけた。剣の天稟《てんぴん》もあったのか、二十歳のころには大勢の門弟のなかでも俊英と謳《うた》われるほどの遣い手になったのだ。

その後、宗八郎は塚原家を継いで出仕したこともあって、剣術の稽古はつづけられなくなったが、いまでもその腕はにぶっていない。

いま、宗八郎は長屋から出て、安田屋の二階の部屋に住んでいた。二階には、駆込み人を泊めておくために三部屋あったが、そのなかの奥の一部屋を宗八郎が使っているのである。

安田屋に持ち込まれる揉め事の仲裁や人助けは、急を要することが多かった。そこで、徳兵衛は宗八郎に、

「どうです、二階で暮らしませんか」

と持ちかけ、宗八郎は二階の部屋に寝泊まりするようになったのだ。

宗八郎にとっても、安田屋での暮らしは都合がよかった。長屋の独り住まいより居心地がよかったし、店賃《たなちん》もいらない。それに、徳兵衛の女房のおよしが、めしの支度をしてくれたのだ。もっとも、およしは家族が食べる物を余分に作るだけで、宗八郎のために特別支度するわけではない。

「徳兵衛、何かいい仕事はないか」

宗八郎が、あらためて訊いた。

宗八郎は懐《ふところ》が寂しかった。猪八から得た二百文では、これから先暮らしていけない。大工の一日の手間賃程度である。

「塚原さまにできる仕事は、いまは船問屋の荷揚げぐらいしかありませんな」

徳兵衛が、帳面を繰りながら言った。

2

そのとき、安田屋の戸口に近付いてくる足音が聞こえた。重い足音である。

すぐに、「奉公人口入れ　安田屋」と書かれた腰高障子がガラリとあき、男がのそりと入ってきた。六尺はあろうかという巨軀《きょく》である。

牢人《ろうにん》であろうか。着古した小袖《こそで》に羊羹《ようかん》色の袴《はかま》、長い大刀を一本落し差しにしていた。顔が浅黒く、ギョロリとした目をしていた。月代《さかやき》や無精髭《ぶしょうひげ》が伸びている。熊のような大男である。

「おお、塚原どの、久し振りでござるな」

男は宗八郎を目にすると、胴間声《どうまごえ》で言った。

「佐久《さく》、いい仕事でもあったのか。久しく、顔を出さなかったが」

宗八郎が訊いた。

佐久郷之助《ごうのすけ》は牢人だった。出自は御家人の冷や飯食いだと聞いていた。これといった生業はなく、安田屋に出入りして仕事を紹介してもらったり、宗八郎と同じように御助け人の仕事をしたりして口を糊していた。

「いや、太助《たすけ》が熱を出してな。しばらく家にいたのだ」

佐久は照れたような顔で言うと、長い大刀を鞘《さや》ごと抜き、上がり框《がまち》にどしりと腰を落とした。

佐久は三十がらみ、おしげという妻女との間に、嫡男で六歳になる太助と長女で四歳のお菊《きく》がいた。佐久は熊のような厳《いか》つい風貌に似合わず子煩悩《こぼんのう》だった。子供が熱を出したり、怪我をしたりすると妻女といっしょに看病するらしい。

「それで、治ったのか」

「お蔭で、元気になった。……ところが、今度はめしの心配をせねばならなくなった。徳兵衛、何か金になる仕事はないか」

佐久が徳兵衛に顔をむけて訊いた。

「いまも、塚原さまにお話ししたのですが、船問屋の荷揚げの仕事ならありますよ。佐久さまなら三百文は出すはずです」

一日三百文なら、悪くない稼ぎである。佐久は巨体で強力なので、力仕事なら雇う側も奮発するらしい。

「荷揚げでもやるか」

佐久がそう言ったときだった。

戸口に近寄ってくる足音がした。ふたりらしい。ひとりは子供を思わせるちいさな足音だった。

腰高障子があいて姿を見せたのは、徳兵衛の娘、おゆきだった。おゆきが、六、七歳と思われる男児を連れていた。町人の子らしかった。芥子坊《けしぼう》を頭頂で結んでいる。

おゆきは十五歳、徳兵衛に似て丸顔で、色白でふっくらした頬をしていた。なかなかの美人だが、まだ子供らしさが残っている。

おゆきは、徳兵衛と女房のおよしとの間に生まれた子で、一人っ子だった。徳兵衛とおよしは、おゆきを目の中に入れても痛くないほど可愛がっていた。

「おゆき、その子は？」

徳兵衛が訊いた。

「おとっつァんに、頼みたいことがあるんですって」

おゆきによると、家の戸口近くに立っている男児の姿を目にして声をかけると、男児がいきなり、「ここは、駆込み宿か」と訊いたという。

おゆきが、「そうだよ」と答えると、男児が「おいら、頼みがあって来たんだ」と言ったので連れてきたそうだ。

「坊《ぼう》、名は？」

徳兵衛が目を細めて訊いた。

「長助《ちょうすけ》。……ここは、駆込み宿か」

長助は土間に立ち、その場にいた宗八郎や佐久に目をやりながら念を押すように訊いた。団栗眼《どんぐりまなこ》を瞠《みひら》いている。利かん気らしい顔付きだが、怯《おび》えの色もあった。

「そうですよ。何か用かな」

徳兵衛がやさしい声で訊いた。

「母上を、助けてくれ」

そう言うと、長助は袂《たもと》から紙入れを取り出し、上がり框近くの畳の上に置いた。女物らしい。紫地に赤の細い縞《しま》模様が入っている。

「何か事情がありそうですな」

徳兵衛は長助のそばに膝を折ると、紙入れを手にした。

「小判ですよ」

徳兵衛は驚いたような顔をして、紙入れから小判を取り出した。

「五両あります」

「五両だと！」

佐久が、声を上げた。

宗八郎も、驚いた顔をして長助を見た。

「この紙入れは、だれから預かったのかな」

徳兵衛が、長助に訊いた。

「母上に、駆込み宿のひとに渡すように言われた」

長助が言った。

「母の名は？」

徳兵衛が訊いた。

「おさと……」

長助がつぶやくような声で言った。

徳兵衛と長助のやり取りを聞いていた宗八郎は、長助が母上と口にしたのが気になり、

「長助の父は、武士か」

と、訊いた。長助は町人の子供の恰好をしていたが、母上と武士らしい呼び方をしたからだ。

「分からない。おいら、父上と一度しか会ったことがないんだ」

長助が眉を寄せて悲しそうな顔をした。

……何か、わけがありそうだ。

と、宗八郎は思ったが、父親のことにはそれ以上触れず、

「長助は、母上を助けてくれと言ったな」

と、母親のおさとのことを訊いた。

「母上は、悪いやつらに連れていかれたんだ」

長助が泣き出しそうな顔をした。おさとが、連れていかれたときのことを思い出したようだ。

「長助の家に、悪いやつらが来たのだな。そいつらは、武士だったのか、それとも町人かな」

宗八郎が訊いた。

「お侍だ。三人来た」

「侍が三人来て、長助の母を連れていったのだな」

「うん」

「そうか」

家に、武士が三人踏み込んできたとき、おさとは、咄嗟《とっさ》に長助に五両入った紙入れを渡し、駆込み宿に行くように話したのであろう。

「長助、母とふたりでどこに住んでいたのだ。お屋敷か、それとも長屋か」

宗八郎が訊いた。

長助は武士の子なのか、それとも町人の子なのかはっきりしなかった。しかも、五両は大金である。おさとは、何者かが踏み込んでくることを予想し、前もって用意しておいたのではあるまいか。

「政五郎店《まさごろうだな》だよ」

長助が答えた。

「長屋か。それで、政五郎店はどこにある」

宗八郎は、政五郎店に様子を聞きにいってみようと思った。

「川の向こうだよ」

「川向こうか」

おそらく、神田川《かんだがわ》のことであろう。政五郎店は、神田川の対岸近くの町にあるらしい。

宗八郎が口をつぐんだとき、

「おい、五両は御助け料ではないのか」

と、佐久が小声で訊いた。

「そうでしょうな」

徳兵衛が、紙入れを手にしたまま言った。

「どうする?」

佐久が、宗八郎に顔をむけた。

「この子に、帰れと言えるか」

宗八郎が言った。

「い、言えん」

佐久が声を大きくした。

「ならば、この子を預かり、母親を助け出してやるしかあるまい」

「そうだ、母親を助け出すしか手はない」

宗八郎と佐久のやり取りを聞いていた徳兵衛が、

「それでは、この仕事は塚原さまと佐久さまに、頼みましょうかね。……どうです、手前が一両、おふたりで残る四両を分けることにしたら」

と、小判を手にしたまま訊いた。

「おれは、それでいい」

すぐに、佐久が言った。

「おれもいい」

「では、おふたりに二両ずつ」

徳兵衛は、宗八郎と佐久の膝先に二両ずつ置いた。

おゆきは、土間に立ったまま徳兵衛とふたりのやり取りを聞いていたが、

「おとっつァん、この子、うちであずかるの」

と、訊いた。目が輝いている。家族が増えるような気がしたのだろうか。

おゆきは一人っ子で、父親の徳兵衛と母親のおよしの三人家族だった。他に、居候のような宗八郎と下働きの吉助《きちすけ》がいるだけで、子供は身辺にいなかった。

「そういうことになるな」

「あたしが、面倒をみてあげる」

おゆきは長助の手をとり、

「長助さん、いっしょにおいで」

と言って、座敷に上げた。二階の部屋に連れていくらしい。駆込み人を泊める部屋が、二部屋あいている。

長助は、おとなしくおゆきの後をついていった。

3

「塚原さま、起きてますか」

障子のむこうで、徳兵衛の女房、およしの声がした。

宗八郎が障子に目をやると、朝陽に白くかがやいている。陽の強さからみて、六ツ半（午前七時）ごろかもしれない。

「しばし、待て。いま、着替える」

宗八郎は、慌てて身を起こした。

どうやら、飲み過ぎたせいで、寝過ごしたらしい。宗八郎は無類の酒好きだった。昨日、思いがけず、二両もの大金が入ったので、安田屋の近くにある小料理屋「つるや」に飲みに行き、帰りが遅くなったのである。

宗八郎は急いで寝間着から小袖に着替えると、頭頂の脇に垂れ下がった髷をなおしながら、

「入ってくれ」

と、声をかけた。

障子があいて、およしが顔を見せたが、座敷には入らず、

「下に、佐久さまが見えてますよ。……どうします」

と、訊いた。およしは、ちろっと宗八郎に目をやって、口許に笑みを浮かべた。宗八郎の慌てた様子がおかしかったのだろう。

およしは、色白でほっそりしていた。四十ちかいはずだが、まだ色気が残ってい

る。

「すぐ行く。……下で待たせてくれ」

今日は、佐久とふたりで、政五郎店を探しに行くことになっていたのだ。

「朝餉《あさげ》はどうします」

「握りめしでも食わせてもらえると、ありがたいのだが」

「用意しときますよ」

およしは立ち上がったが、何か思い出したように振り返って、

「塚原さま、裾が乱れてますよ」

そう言って、また口許に笑みを浮かべた。

宗八郎が小袖の裾に目をやると、裾がだらしなくひらいて足の脛《すね》辺りまであらわになっていた。慌てて着たせいだ。

宗八郎は急いで袴を穿《は》き、二刀を手にして階段を下りた。帳場に行くと、佐久と徳兵衛が何やら話していた。

佐久は宗八郎を目にすると、

「なんだ、いま、起きたのか」

と、呆れたような顔をして言った。

「昨夜、ちと、飲み過ぎてな。……顔を洗ってくる」

そう言い残し、宗八郎は裏手にある台所の流し場で、顔を洗わせてもらった。そして、およしが作ってくれた握りめしを頬ばってから帳場にもどった。

「さて、出かけるか」

宗八郎が、佐久に声をかけた。

安田屋は神田佐久間町《さくまちょう》にあった。

宗八郎と佐久は安田屋を出ると、神田川沿いの道を東にむかった。いっときすると、前方に神田川にかかる和泉橋《いずみばし》が見えてきた。宗八郎たちは和泉橋を渡って、対岸の内神田に行くつもりだった。

晴天だった。初秋の陽射しが神田川の川面を照らし、さざ波がキラキラとひかっている。神田川沿いの道は、ちらほら人影があった。ぼてふり、風呂敷包みを背負った行商人、供連れの武士などが陽射しのなかを行き過ぎていく。

「どうだ、昨夜、長助は泣かなかったか」

歩きながら、佐久が訊いた。子煩悩な佐久は、幼い長助が母親の手を離れてひとりになったので、昨夜泣いたのではないかと心配したらしい。

「おれが帰ったときは、眠っていたぞ。……それに、おゆきが面倒をみているからな」

宗八郎は、長助の泣き声は耳にしなかった。

「そうか。……ともかく、早く母親を助け出して、いっしょに暮らせるようにしてやりたい」

佐久が、しんみりした口調で言った。

ふたりは、そんなやり取りをしながら和泉橋を渡った。

対岸の神田川沿いの土手には柳が植えられ、柳原《やなぎわら》通りと呼ばれていた。浅草御門《あさくさごもん》の辺りから筋違御門《すじかいごもん》の前までつづいている。八代将軍吉宗《よしむね》のころ、柳原土手と呼ばれていた地名にちなんで川沿いの堤に柳を植えさせたという。

柳原通りは、古着を売る床店《とこみせ》が多いことでも知られていた。通りは賑わっていた。様々な身分の老若男女が行き交い、葦簀《よしず》をまわした床店にも客がたかっている。

「どこで、訊いてみる?」

柳原通りを西にむかいながら佐久が訊いた。

「岩井町《いわいちょう》に入ったら訊いてみよう。なに、政五郎店と分かっているのだ。そう手間はかかるまい」

「そうだな」

ふたりは、岩井町の町筋に入ると、通り沿いの店に立ち寄り、政五郎店の名を出して訊いてみた。

だが、すぐには知れなかった。半刻《とき》（一時間）ほど町筋を歩き、神田平永町《ひらながちょう》の近くまで来てやっと分かった。

通り沿いにあった八百屋の親爺が、

「平永町に入るとすぐ、下駄屋がありやす。その下駄屋の脇の路地木戸の先が、政五郎店でさァ」

と、教えてくれたのだ。

行ってみると、すぐに分かった。間口二間の棟割り長屋が、三棟つづいている。路地木戸を入ると、井戸があり、三十がらみと思われる長屋の女房らしい女がふたり、手桶を足許に置いておしゃべりをしていた。水汲みに来て顔を合わせたのだろう。

宗八郎と佐久が近付くと、ふたりの女は驚いたような顔をして口をつぐんだ。女の顔がこわばっている。佐久の熊のような巨体といかつい顔を見て、怖くなったらしい。

「ちと、訊きたいことがあるのだがな」

宗八郎が笑みを浮かべ、おだやかな声で言った。

「な、何です」

瘦せて顎《あご》のとがった女が、声をつまらせて訊いた。

「この長屋に、おさとという母親と長助という子が住んでいたな」

「は、はい……」

もうひとりの太った女が答えた。

「実は、長助を預かっていてな。可哀相に、長助は母親に会いたいといって泣いておるのだ。母親は長屋にいるのかな」

宗八郎がもっともらしく訊いた。

「そ、それが、昨日、長屋に三人のお侍が踏み込んできて、おさとさんを……」

瘦せた女が、震えを帯びた声で言った。

ふたりの女によると、三人とも羽織袴姿で顔を頭巾で隠していたという。

「羽織袴姿だと」

宗八郎の双眸がひかった。

どうやら、三人組の賊は徒《いたずら》牢人《ろうにん》やならず者たちではないようだ。御家人か江戸勤番の藩士か分からないが、扶持《ふち》を得ている武士とみていい。

「その三人に、おさとは連れていかれたのだな」

宗八郎が念を押すように訊いた。

「そ、そうです」

「どうやって連れていった。縄をかけたのか」

「駕籠《かご》ですよ。……路地木戸の脇に駕籠が用意してあって、それに乗せてどこかへ連れ去ったんです」

痩せた女が言った。

「駕籠まで用意したのか」

宗八郎は、長屋内の女の諍《いさか》いや痴情の縺《もつ》れではないとみた。三人の武士がおさとを連れ去った裏には、何か特別なわけがありそうだ。身分のある者がかかわっているのかもしれない。

「……おさとさん、三人が長屋に踏み込んできたのに気付くと、長助だけ先に逃がしたんです」

太った女が、長助が長屋の裏をひとりで逃げていくのを見た、と言い添えた。

「長助は、おさとの子なのだな」

宗八郎が念を押すように訊いた。

「そうです」

太った女が、痩せた女と顔を見合わせながら言った。

「おさとは武士の出なのか。……長助は母親のことを母上と呼んでいたぞ」

宗八郎が訊いた。

「おさとさん、長助の父親が武士なので、父上、母上と呼ばせていると言ってたけど……」

太った女が言った。ふたりの女は、戸惑うような顔をした。

「父親は、ここにきたことはないのか」

「わたし、見たことない。……あんたは」

太った女が、痩せた女に顔をむけて訊いた。

「あたしも」

痩せた女がうなずいた。

「おさとは、何か仕事をしていたのか」

「してませんよ」

「どうやって、食っていたのだ」

「ときどき、年寄りのお侍が、おさとさんに金子《きんす》を届けてたようですよ」

太った女が言った。

「その武士が、長助の父親ではないのか」

おさとは、その武士に囲われていたとも考えられる。

「ちがいますよ。……そのお侍はかなりの歳だし、長屋に泊まっていくようなことはなかったもの」

太った女の分厚い唇の端に薄笑いが浮いた。何か、卑猥《ひわい》なことでも想像したのかもしれない。

「うむ……」

おさとは、身分のある武士に囲われていたのではあるまいか。その武士との間に、長助が生まれた。それで、おさとは長助に武家の子らしく、父上、母上と呼ぶように教えた。年寄りの武士は、長助の父である武士に仕える者かもしれない。

「どうだ、ふたりは、おさとから長助の父親の名を聞いたことはないか」

宗八郎が、声をあらためて訊いた。

「聞いてないねえ……」

太った女が言うと、痩せた女もうなずいた。

それから、宗八郎と佐久はふたりの女に、おさとと長助の住んでいた家を聞いて行ってみた。

他の家と変わらない造りである。宗八郎と佐久は家のなかに入り、残っている衣類や夜具などに目をやった。だが、長助の父親や、おさとを連れ去った者たちを知る手掛かりになるような物は何もなかった。

「おさとは、どこへ連れていかれたのかな」

佐久が首をひねりながら言った。

「長助の父親が何者か分かれば、おさとの居所も知れるかもしれんな」

此度《こたび》の件は根が深そうだ、と宗八郎は思った。

4

宗八郎は佐久とふたりで政五郎店に出かけた翌日、下谷の御徒町《おかちまち》に足をむけた。宗八郎が隠居するまで住んでいた塚原家に行くつもりだった。

宗八郎は隠居する前まで御徒目付組頭《おかちめつけくみがしら》で、役高は二百俵だった。御目付の配下で、御目見《おめみえ》以下の幕臣を監察、内偵する御徒目付を束ねる役である。

宗八郎は神田川沿いの通りを和泉橋のたもと近くまで行くと、左手の通りに入った。しばらく歩くと、御家人や小身の旗本の屋敷などがつづく通りに出た。その辺りが、御徒町である。

「久し振りだな」

そうつぶやいて、宗八郎は片番所付の長屋門の前に足をとめた。

塚原家の屋敷である。門番はいないので、脇のくぐり戸からなかに入った。

玄関先で声をかけると、足音がして杉山達之助《すぎやまたつのすけ》が姿を見せた。四十代半ば、宗八郎が当主だったころから若党《わかとう》をつとめている男である。

「杉山、浜之助《はまのすけ》はおるか」

宗八郎が訊いた。浜之助は宗八郎の嫡男で、いまは塚原家の当主である。千江《ちえ》という妻を娶《めと》って三年になるが、まだ子供はいなかった。

宗八郎の妻のたつは、宗八郎が隠居する前に病で亡くなっていた。したがって、いま塚原家には、浜之助と妻の千江、それに奉公人がいるだけである。

「すぐに、お呼びします」

杉山は奥へ引っ込み、浜之助を連れてもどってきた。

浜之助は二十八歳、いまは御徒目付の任にある。御目付の覚えがいいので、相応の歳になれば、父と同じ御徒目付組頭に昇進できるだろう。

浜之助も父に似て、面長で浅黒い肌をしていた。頤も張っていたが馬面というほどではなく、目鼻立ちも宗八郎より整っていた。ただ、宗八郎とちがって子供のころ病気がちだったこともあり、体付きは華奢《きやしや》である。

「父上、上がってください」

浜之助が笑みを浮かべて言った。

「邪魔をするか」

宗八郎は玄関から上がると、千江は息災か、と訊いた。

「はい、茶を淹《い》れさせましょう」

浜之助は、そばにいた杉山に父が来たことを千江に知らせるよう指示した。

「父上、こちらへ」

浜之助は、宗八郎を庭に面した座敷に案内した。そこは、客間とはちがって家族でくつろげる座敷で、宗八郎は塚原家にもどると、その座敷に腰を落ち着けることが多かった。

「どうだ、藤堂《とうどう》さまはお変わりないか」

宗八郎が藤堂さまと呼んだのは、御徒目付組頭だったころに仕えた御目付の藤堂順《じゆん》之助《のすけ》のことである。いまも、藤堂は御目付の任にあり、御徒目付である浜之助の直接の上司でもあった。

「御目付さまは、お変わりありません」

「そうか。……浜之助、おまえはどうだ。いま、事件の探索にあたっているのか」

宗八郎が訊いた。

「いま、わたしがかかわっている事件はありませんが」

浜之助の顔から笑みが消えた。何か幕臣のかかわる事件が起こり、そのことで父が来たと思ったようだ。

「いや、何かあったわけではないのだ。……旗本だと思うが、家中《かちゆう》で揉め事があり、町人の女を監禁しているといった話を耳にしていないかな」

宗八郎は、三人の武士が連れ去ったおさとのことで、何か浜之助の耳に入っていないか訊いたのである。

「そのようなことは、聞いてません」

浜之助が言った。

「藤堂さまからも、何の話もないのだな」

「ありません」

すぐに、浜之助が答えた。

「まァ、何かあれば、藤堂さまからおれにも話があろう」

おさとの件で、目付筋の者たちは動いていないようだ、と宗八郎は思った。もっとも、幕臣のかかわる事件かどうかも分からないのだから、目付筋の者が探索に当たっているとはかぎらない。

「父上には、御目付さまから何の話もないのですね」

浜之助が念を押すように訊いた。

「ない」

宗八郎は隠居して、幕府の目付筋の仕事から手を引いたわけではなかった。藤堂の指示で、影の目付としてひそかに動いていたのである。

宗八郎は浜之助に家を継がせて隠居するおり、藤堂に呼ばれ、

「塚原、おまえはまだ若いし、目付筋の任から身を引いてしまうのはあまりに惜しい。……どうだ、倅《せがれ》は倅として徒目付の任にあたるとして、おまえはわしの直属の配下として働いてみんか」

と、言われた。

藤堂は、宗八郎の御徒目付組頭としての能力を買っていた。それに、剣の腕もたつことから、宗八郎が隠居してしまうのは惜しいと思ったらしい。

「直属の配下と申されますと」

「影の目付といえばいいかな。……表向きは隠居ということにして市井《しせい》で暮らし、幕臣のかかわる事件が起きたら、ひそかに陰で探ってもらいたいのだ」

「影目付……」

宗八郎はいっとき黙考していたが、

「やらせていただきます」

と、答えた。宗八郎にもまだお上のために働けるという自信があったし、藤堂が自分を認めてくれたことが嬉しかったのである。

そうしたことがあって、宗八郎は家を出て駆込み宿に持ち込まれる揉め事や人助けなどにあたるようになったのだ。

宗八郎にとって、駆込み宿は影目付の任務を果たす上でも都合のいい場所であった。幕臣のかかわった事件の様々な情報が、向こうから飛び込んでくることが多い。それに、暮らしも、塚原家に頼らずに何とか成り立つ。藤堂からも、ときおり手当をもらっていたので、好きな酒も口にすることができるのだ。

徳兵衛や佐久は、宗八郎が隠居する前まで幕府の目付筋であったことは知っているが、いまも影目付としての任務にあたっていることまでは知らなかった。知っているのは、藤堂と倅の浜之助ぐらいである。

「安田屋で、長助という武士の子をあずかっている」

そう前置きして、長助が助けを求めて安田屋に来た経緯《いきさつ》をかいつまんで話し、

「幕臣とは、かかわりがないかもしれんが、それらしい話を耳にしたら教えてくれ」

と、言い添えた。

「分かりました」

浜之助がうなずいたとき、廊下を歩く足音がして千江が姿を見せた。千江は湯飲みを載せた盆を手にしていた。

「義父上《ちちうえ》、いらっしゃいませ」

千江は畳に座し、指先をついて宗八郎に挨拶をした後、湯飲みを宗八郎の膝先に置いた。

「千江も、息災そうだな」

そう声をかけながら、宗八郎は浜之助の膝先に湯飲みを置こうとしている千江の体に目をやった。

頬や首筋の肌は白く、体はほっそりしていた。腰まわりも、いつもと変わりない。

……身籠もった様子はないようだ。

宗八郎は胸の内でつぶやいた。

浜之助夫婦もそうだろうが、宗八郎も初孫の誕生を心待ちにしているのだ。

「父上、亀戸《かめいど》天神の萩が、見頃だそうですよ。今度、千江と三人で出かけますか」

浜之助が湯飲みを手にして言った。

「嬉しい。……義父上、いっしょに行きましょう」

千江が満面に笑みを浮かべて言った。

「そうだな……」

宗八郎も口許に笑みを浮かべたが、

……やはり、駄目だな。当分、孫の顔は拝めそうにない。

と胸の内でつぶやいて、茶をすすった。

5

「塚原の旦那、さァ、もう一杯」

つるやの女将《おかみ》、おふくが銚子を手にして言った。

宗八郎と佐久は、つるやの小座敷にいた。宗八郎は佐久が安田屋に姿を見せると、一杯やりながら話さんか、と言って誘ったのである。

おふくは、三十がらみだった。太り肉《じし》で、大きな尻をしていた。おふくという名のとおりふくよかな体付きである。色白で、ふとい首や豊満な胸元が、酒気で朱に染まっている。身辺から酒と脂粉の匂いがし、唇が濡れていた。体ごと迫ってくるような色っぽさがある。

おふくは娘のころ、父親の重吉《しげきち》がひらいていたつるやを手伝っていたが、重吉が病で死んだ後、包丁人だった弥助《やすけ》といっしょになって店を継いだ。ところが、三年前、弥助は店にきた遊び人が料理のことでけちをつけたことから喧嘩になり、遊び人の匕首《あいくち》で腹を刺されて命を落としてしまった。

その後、おふくは包丁人に五作《ごさく》という初老の男を雇い、おとしという四十がらみの女に手伝ってもらい、三人でつるやをつづけている。

「佐久の旦那も、どうぞ」

おふくは、佐久にも酒をついでやった。

「おお、すまん」

佐久は目を細めて猪口《ちょこ》で酒を受けた。

佐久は、巨体のわりに酒があまり強くなかった。浅黒い顔が酒気で赭黒《あかぐろ》く染まり、ギョロリとした大きな目が、いっそう大きくなったように見える。髭が濃いせいもあって、まるで鍾馗《しょうき》のような面構えである。

「ねえ、安田屋の二階に、男児《おとこのこ》がいるんだって」

おふくが宗八郎に膝を寄せて、上目遣いに見ながら訊いた。

「よく知ってるな」

「平次《へいじ》さんに聞いたのよ」

平次も、安田屋に出入りしている男である。

「おゆきが、面倒をみているよ」

そう言いながら、宗八郎は左手をそっとおふくの尻に近付けた。まだ、宗八郎とおふくは客と小料理屋の女将の垣根を越えていないが、飲んだ勢いで体に抱きついたり、尻を撫でる程度のことはおふくも許している。

「まさか、旦那の隠し子じゃァないでしょうね」

おふくが、宗八郎の耳元に顔を寄せて訊いた。

おふくの体が近寄ったところで、宗八郎はすかさずおふくの尻を一撫でした。どっしりとした重量感のある尻である。

……この尻に敷かれたらたまらんな。

宗八郎は、胸の内でつぶやいた。

おふくは身をよじりながら、

「ねえ、旦那、どうなの」

と、口をとがらせて訊いた。

「隠し子ならいいんだがな。……おれとは、何のかかわりもないのだ」

宗八郎が尻を撫でながら言うと、

「あら、そうなの。旦那には、いい女《ひと》がいるんじゃァないかと思ってたんだけどね」

おふくは身をよじるのをやめて、すこし尻を引いた。

そのとき、障子の向こうで、

「女将さん、お客さんです」

と、おふくを呼ぶおとしの声が聞こえた。

戸口の方で、何人かの男の声と足音がした。どうやら、つるやに客が来たようだ。

つるやは、店に入るとすぐに小上がりがあり、その奥に宗八郎たちのいる小座敷があった。

「ゆっくりしてって」

おふくは、宗八郎から身を離して立ち上がった。

そそくさと出ていくおふくの足取りに、すこしの乱れもなかった。経験を積んだ小料理屋の女将らしく、尻を触られたぐらいで心を乱すようなことはないようだ。

宗八郎は興醒《きょうざ》め顔で、

「まァ、飲め」

と言って、佐久の猪口に酒をついでやった。

佐久は猪口の酒を飲み干した後、

「昨日な、政五郎店の近所をまわって、話を聞いてみたのだ」

と、大きな目で宗八郎を見ながら言った。

「何か分かったのか」

「三人の武士が、駕籠といっしょに柳原通りの方へむかっていくのを見た者がいる。……その駕籠だが、二挺《にちょう》だったというのだ」

佐久の声が急に低くなった。

「なに、二挺――」

「そうだ。一挺は空だったのではないかな。三人の武士は、おさとと長助のふたりを攫《さら》おうとしたのだ」

「そのようだな」

「三人の武士は、おそらく、いまも逃がした長助の行方を探している」

佐久の顔が、きびしくなった。

「佐久の言うとおりだ」

「いずれ、安田屋にいるのが知れるぞ」

「まずいな」

宗八郎は、三人の武士が安田屋に踏み込んできたら長助は守りきれないと思った。ふだん家にいるのは徳兵衛、およし、おゆき、それに下働きの吉助だけである。

「どうする」

佐久が訊いた。

「おれたちが、一日中安田屋にいるわけにはいかないし、何か手を打たねばな」

宗八郎は猪口の酒を飲み干し、さらに手酌でついだ。酒を適度に飲むと、いい思案が浮かぶときもある。

いっとき、宗八郎は酒を飲みながら思案していたが、

「そうだ！」

と声を上げて、膝を打った。

「何か思いついたか」

佐久が身を乗り出した。

「長助を女児《おんなのこ》にすればいい」

宗八郎がもっともらしい顔をして言った。

「なに、女児にするだと！」

佐久が驚いたように目を瞠いた。大きな目が、鶉《うずら》の卵のように見えた。

「そうだ。……芥子坊に赤い布を結び、おゆきのちいさくなった着物を着せれば、それででき上がりだ」

長助の身を守るためだと言えば、徳兵衛夫婦も反対しないだろう。おゆきも、おもしろがってやるはずだ。

「しかし、店に出入りする者が気付くだろう」

「長助のことを知っている者にはわけを話して、しゃべるなと釘を刺しておけばいい」

平次とおふくにも、話しておこう、と宗八郎は思った。

「うまくいくかもしれんな。……お菊の着物を貸してもいいぞ」

佐久も乗り気になったらしく、意気込んで言った。お菊は、佐久の娘である。

それから宗八郎と佐久は、半刻（一時間）ほど飲んで腰を上げた。

見送りに戸口まで出てきたおふくに、宗八郎が長助のことを話すと、おふくもおもしろがって、わたしの着物は着られないから、簪《かんざし》でも貸してやろうか、とまで言った。

「おふく、安田屋にいるのは、女児ということにしといてくれ」

そう念を押して、宗八郎はつるやから離れると、佐久と連れ立って神田川沿いの通りに出た。

満天の星である。三日月が、笑うように揺れている。

「今夜は、いい酒だった」

宗八郎がつぶやいた。

「久し振りで、飲んだな」

佐久が濁声《だみごえ》で言った。巨体が、ふらついている。

「おい、川に嵌《は》まるなよ」

宗八郎が声をかけた。

「このくらいの酒で、おれは酔わん」

そう言った途端、佐久が大きくよろめいた。転がっていた小石でも踏んだのかもしれない。

……かなり酔っているではないか。

そうつぶやき、宗八郎は苦笑いを浮かべた。

6

隣の部屋から、ふたりの女の笑い声が聞こえた。おゆきとおよしである。

宗八郎は二階の部屋にいたが、ふたりの笑い声を聞いて隣部屋を覗いてみる気になった。隣部屋には長助とおゆきがいるはずだが、およしまでいっしょになって何かしているようなのだ。

宗八郎は廊下に出ると、隣の部屋の障子越しに、

「入ってもいいかな」

と、声をかけた。

「……いいわよ」

おゆきが笑いながら言った。

障子をあけると、座敷のなかほどにおゆきとおよし、それに女児が立っていた。いや、女児ではない。女装した長助である。

「塚原さま、見て。……長助さんよ、似合うでしょう」

おゆきが、得意そうな顔をして言った。

長助は、花柄の単衣《ひとえ》に赤いしごき帯、芥子坊と前髪に飾り布を結んでいる。おまけに、顔に白粉《おしろい》まで塗っていた。

「これはいい。……可愛いな。どこから見ても、女児のようだ」

宗八郎も、相好《そうごう》をくずした。

すると、長助が眉を寄せて泣きそうな顔になり、

「……おいら、嫌だ。女児なんて嫌だ」

と言って、口をへの字にひき結んだ。いまにも、泣き出しそうである。

「長助、いいか。女になるのではないぞ。女に身を変えて、敵を騙《だま》すのだ。これは、男と男の闘いだぞ」

宗八郎は、強いひびきのある声で言った。自分でも照れくさかったが、そう言ってごまかすしかなかったのである。

「敵を騙すのか」

長助が訊いた。

「そうだ。おまえのおっかさんを連れ去った者たちを騙すのだ。……早くおっかさん

を取り戻すためにな」

「母上を取り戻すのか」

長助が目を剝《む》いて訊いた。

「そうだ」

「おいら、女になる」

長助が胸を張って言った。

「いいか、長助、知らない者がそばに来たら口をきくな。女児でないことが、すぐにばれるからな」

「おいら、黙っている」

「頼むぞ」

宗八郎はそう言ったが、長くはごまかせないと思った。

宗八郎はおゆきとおよしに、なるべく下には連れてくるな、と言い置いて、階段を下りた。

帳場に、徳兵衛がいた。帳場机を前にして、帳簿に何か書いている。

徳兵衛は宗八郎を目にすると、

「お長《ちょう》は、可愛くなりましたかな」

と、笑みを浮かべて訊いた。

障子をあけたまま話していたので、徳兵衛の耳に二階のやり取りがとどいていたようだ。

お長とは、長助のことである。今後、お長と呼ぼうと店の者で決めてあったのだ。

「あれなら、だれが見ても女児だ」

宗八郎は、帳場机の前に腰を下ろした。

「吉助に、茶でも淹れさせましょう」

そう言って、徳兵衛は腰を上げた。

下働きの吉助は、ふだん台所も手伝っていた。およしが近くにいないときは、吉助が茶を淹れてくれる。

しばらく待つと、徳兵衛が盆に湯飲みを載せて運んできた。

「吉助は竈《かまど》に火を焚《た》き付けたばかりなので、てまえが持ってきました」

そう言って、徳兵衛は宗八郎の膝先に湯飲みを置いた。

徳兵衛は茶をすすった後、

「女児に化けるのもいいが、長くはつづきませんよ」

と、つぶやくような声で言った。

「そうだな。……早くおさとを連れもどし、事情を聞いて始末をつけるしかないな」

「厄介ですな」

「うむ……。相手が見えないのでは、手の打ちようがないからな」

宗八郎は湯飲みを手にしたまま言った。

そのとき、戸口に近寄る足音がした。腰高障子があいて、若い男が入ってきた。平《へい》次《じ》である。

「お揃いで、朝からのんびりしてやすね」

平次は土間に入ってくると、上がり框に腰を下ろした。

「平次、仕事はないのか」

宗八郎が訊いた。

平次は二十二歳、近所の長屋に母親とふたりで住んでいる。鳶職《とびしょく》だったが、親方と喧嘩して奉公先を飛び出し、いまは安田屋に出入りして口を糊している。

平次は、駆込み宿に持ち込まれた御助けの仕事を宗八郎たちといっしょにやることもあった。足が速く身軽で、尾行や連絡役などに役にたつ。

「何か、いい仕事はねえかと思いやしてね。足を運んできたんでさァ」

「荷揚げと普請場の力仕事はあるが、どうかな。それに商家の下働き、旗本屋敷の中間……」

徳兵衛が、帳簿をめくりながら言った。

「力仕事も下働きも、あっしにはむかねえ」

平次が渋い顔をし、「また、来やすよ」と言って腰を上げたが、

「そうそう、おふたりの耳に、入れておきてえことがありやしてね」

と言って、あらためて腰を下ろした。

「なんだ」

宗八郎が訊いた。

「一昨日《おとつい》、この店の近くで、男児のことを訊きまわっている武士を見かけたんでさァ」

平次が、徳兵衛と宗八郎に目をやって言った。

「どんな武士だ？」

宗八郎が訊いた。長助とおさとを攫おうとした三人の武士のうちのひとりではあるまいか。

「それが、年寄りでしたぜ」

「年寄りだと」

　三人の武士とは、ちがうようだ。宗八郎は政五郎店で耳にした、年寄りの武士がおさとの許に金をとどけていたという話を思い出した。その武士が、長助の行方を探しているのかもしれない。

「いずれにしろ、いつまでも長助を隠しておけんな」

　宗八郎が、けわしい顔をして言った。

「旦那方、あっしも手伝いやしょうか」

　平次が、徳兵衛と宗八郎を上目遣いに見ながら訊いた。

「手伝うって、何を？」

　宗八郎が訊いた。

「お長を、ここに長くは匿《かくま》っておけねえ。早くおっかさんを助け出して、事情を聞いて悪いやつらを始末しねえと、けりはつかねえ。……そうでやしょう」

　平次も、長助のことをお長と呼んだ。長助が、女児に化けていることを知っていたのである。

「そうだが……」

「あっしが、その年寄りの侍の居所を探りやしょうか」

　平次が目をひからせて言った。

「できるか」

宗八郎が訊いた。

「やってみねえと分からねえが、あの爺さん、また近所にあらわれるかもしれねえ。そんとき、跡を尾《つ》けてみやすよ」

「よし、平次に頼もう」

思わず、宗八郎が声を上げた。

「ですが、旦那、ただというわけには……。あっしも、ちょいと懐が寂しいもんで」

平次が首をすくめて言った。

「金か……」

宗八郎は、チラッと徳兵衛に目をやった。宗八郎が手にした二両を分けるわけにはいかない。だいぶ使ってしまったし、今後金が入るあてもない。頼りになるのは、徳兵衛だけである。

「いいでしょう。手前がいただいた一両は、前貸しということで平次さんにお渡ししましょう」

そう言うと、徳兵衛は懐から財布を取り出し、小判を一枚手にして平次の膝先に置いた。

「ありがてえ。これで、しばらく金の心配はしねえですむ」

平次は小判を巾着《きんちゃく》にしまうと、

「すぐに、近所をまわってみやすぜ」

と言って、店から飛び出していった。

「こんなことがいつまでもつづくと、安田屋はつぶれますな」

徳兵衛が渋い顔をして言った。

第二章　母の行方

1

陽はだいぶ高くなっていた。朝のうちは宗八郎の部屋に陽が射して明るいのだが、いまは屋根の上にまわっているため薄暗かった。

宗八郎はおよしが用意してくれた遅い朝餉を終え、自分の部屋にもどって袴に着替えていた。これから、佐久の住んでいる長屋に行き、その後長助のことで何か知れたか訊いてみようと思ったのだ。

そのとき、階段を上がってくる足音がした。足音は障子の向こうでとまり、

「旦那、いますか」

と、徳兵衛の声が聞こえた。

「いるぞ。入ってくれ」

宗八郎は袴の紐《ひも》を結びながら言った。

「下に来てもらえますかね」

徳兵衛が言った。

「何かあったのか」

「いえ、平次さんが、お侍を連れて店に来たんですよ」

徳兵衛が急に声をひそめて言った。

「侍というと？」

「平次さんが話していた年寄りのお侍ですよ。長助のことを訊きまわっていたというう」

「なに、その侍を店に連れてきたのか」

思わず、宗八郎は聞き返した。

「そうです」

「行ってみよう」

宗八郎は、すぐに部屋から出た。

徳兵衛につづいて階下に下りると、座敷に平次と初老の武士が座っていた。武士の髷や鬢《びん》に白髪が目立った。長身痩軀で、背がすこしまがっている。面長で鼻梁《びりょう》が高く、細い目をしていた。

徳兵衛は宗八郎が膝を折るのを待ってから、

「こちらが、さきほどお話しした塚原宗八郎さまです」

と言って、宗八郎に目をむけた。

宗八郎は、素姓を口にすることができなかったので、牢人とだけ言っておいた。

「それがし、原島与兵衛《はらしまよへえ》でござる。……長助さまを助けていただいたそうで、お礼申し上げます」

原島は慇懃《いんぎん》な口調で言って、宗八郎に頭を下げた。

武士は、長助さまと呼んだ。やはり、長助は身分のある者の子かもしれない。

「いや、それがしが助けたわけではないが……」

おゆきが長助を連れてきて、安田屋で匿っているだけである。

「いま、長助さまは二階におられると聞きましたが」

原島が細い目を階段の方にむけて訊いた。

「匿ってはいるが、敵の目を欺くために名も身も変えている。……事情は分からぬが、長助さまとあまり口にされぬ方がよいのではござらぬか」

宗八郎が原島の顔を覗くように見ながら言った。

「これは、迂闊《うかつ》だった。塚原どののおっしゃるとおりだ」

原島が急に声をひそめて言った。

「ところで、原島どのは、政五郎店に出かけて長助やおさとに会われていたように聞いているが――」

政五郎店に出かけて、おさとに金を渡していた武士は原島であろう、と宗八郎は見当をつけて訊いたのである。

「いかにも……。色々事情がござって……」

原島は言いにくそうな顔をして語尾を濁した。

「長助は、おてまえの子でござるか」

そんなはずはない、と宗八郎は思ったが、原島にしゃべらせるために、そう訊いたのである。

「い、いや、わしの子ではない。あるはずがなかろう」

原島が慌てて言った。皺《しわ》の多い顔が赭黒く染まり、動揺して視線が揺れている。

「では、だれの子でござる」

すかさず、宗八郎が訊いた。

「そ、それは……。いまは、言えぬ。……ご容赦くだされ。話のできるときがまいれば、お話しいたす」

原島が声をつまらせて言った。

「そこもとは、いま『さま』と口にされた。……身分のある方のお子のようだな」

宗八郎が原島を見すえて訊いた。

「み、身分のある方のお子でござる」

「まさか、大名の隠し子ではあるまいな」

「大名家にかかわりはない」

すぐに、原島が否定した。

「とすると、旗本でござるな」

おさとが、大奥にいたとは考えられない。将軍や大名家にかかわる者でなければ、旗本ということになる。それも、大身《たいしん》の旗本であろう。

「そ、そうだ……」

原島が小声で言った。

「どなたで、ござる」

「ご容赦くだされ。いまは、口にできぬ」

原島は苦渋に顔をしかめた。

宗八郎は、これ以上訊いても原島は口にしないと思い、

「母親が、何者かに駕籠で攫《さら》われたことは、ご存じでござるか」

宗八郎は、矛先を変えた。

「知っております」

「三人の武士が、政五郎店に踏み込んできておさとを連れ去ったようだが、その三人は、何者でござる」

三人の正体が知れれば、おさとの居所が分かるはずだ、と宗八郎は思った。

「そ、それが、わしらにもまったく分からないのでござる」

原島が強い口調で言った。

「うむ……」

原島は知らないようだ、と宗八郎は思った。

「わしらは、おさとさまの行方も探しているのだが……」

原島が視線を落として言った。

「すると、おさとの監禁場所も分からないのか」

宗八郎が声をあらためて訊いた。

「監禁場所も、何のためにおさとさまを連れ去ったのかも分からないのだ」

原島の顔に困惑の色が浮いた。

「それは、おかしい。……おさとは、何者かに襲われるのを察知し、前もって五両を用意し、長助には駆込み宿に逃げるように話しておいたようだ。……おさとは、そこもとに何者かに狙われていることを話していたのではないのか」

宗八郎が訊いた。

「何者かに狙われていることは、おさとさまから聞いておりました。……実は、一年ほど前に、おさとさまは三人の武士に攫われそうになったのです」

そう前置きして、原島が話しだした。

一年ほど前まで、おさとと長助は須田町《すだちょう》の借家に住んでいたという。その借家から、通りへ出たとき、ふいに三人の武士が走り寄り、おさとと長助を駕籠に乗せて連れ去ろうとしたそうだ。

おさとが悲鳴を上げると、偶然近くを通りかかった旗本らしい武士の一行が、おさとたちを助けようとして、五、六人の家臣とともに駆け付けた。これを見た三人の武士は、おさとたちを攫うのをあきらめ、その場から逃げたという。

「そうしたことがあったので、おふたりは、須田町の借家を出て政五郎店に身をひそめたのです」

「うむ……」

事情は分かったが、肝心のことは何も知れなかった。三人組は何者なのか、おさとはどこへ連れていかれたのか、長助の父は何者なのか……。

宗八郎が黙考していると、

「それで、原島さまは、長助をどうなさるおつもりですか。引取りにまいられたのでございますか」

と、徳兵衛が訊いた。

「い、いえ、そうではない。引き続き、長助さまはここに匿っていただきたいのだが……」

原島が、言いにくそうに語尾を濁した。

「…………」

徳兵衛は、渋い顔をしたまま黙っていた。原島の頼みは、すこし勝手過ぎると思ったようだ。

「それに、できれば、おさとさまの行方をつきとめ、助け出していただければ、ありがたいが」

原島も困ったような顔をした。自分でも、身勝手過ぎると思ったのかもしれない。

「ですが、それほどの難事を解決するのは容易ではございません。相応のお手当てをいただきませんと……」

徳兵衛が揉み手をしながら小声で言った。

「承知している。……多少、用意いたした」

徳兵衛は懐から袱紗《ふくさ》包《づつ》みを取り出し、

「これは、殿よりお預かりした金子《きんす》でござる。状況によっては、さらに用意するつもりでいる。……何とか、おふたりをお助けくだされ」

そう言って、徳兵衛の膝先に置いた。

袱紗包みの膨らみ具合から見て、切り餅が四つ、百両ありそうである。

切り餅は一分銀を百枚、紙で方形につつんだ物である。一分銀四枚で一両なので切り餅ひとつが二十五両ということになる。

「いただきます。……わしらの手で、長助さまをお守りし、おさとさまを助け出しましょう」

徳兵衛が切り餅に手を伸ばした。いつの間にか呼び方が、長助さま、おさとさまになっている。

2

原島が安田屋に来た翌日、佐久が姿を見せた。昨日、平次が佐久の住む長屋に行き、安田屋に顔を出すように伝えたのである。

安田屋の帳場の奥の座敷に、宗八郎、徳兵衛、佐久の三人が顔を合わせた。その座敷は、駆込み人との話や御助け人たちの相談の場に使われることが多かった。

徳兵衛は、昨日原島が店に来たことと御助け料として百両もらったことを話し、

「これは、佐久さまの取り分ですよ」

と言って、切り餅をひとつ佐久の膝先に置いた。

「に、二十五両か！」

佐久が目を剝《む》いて言った。大きな目が、飛び出しそうである。

「原島さまから、百両いただきましてね。塚原さま、佐久さま、平次さん、それにてまえの四人で、二十五両ずつ分けることにいたしましたが、よろしゅうございますか」

徳兵衛が口許に笑みを浮かべて訊いた。

すでに、宗八郎と平次は、徳兵衛から二十五両の分け前をもらっていたのだ。

「いい、それでいい」

佐久が切り餅を握りしめて言った。

「だがな、厄介な仕事のようだぞ」

宗八郎が、昨日の原島とのやりとりをかいつまんで話した。

「まず、おさとどのがどこへ連れ去られたか、つきとめねばならんな」

佐久が切り餅を懐にしまいながら言った。二十五両が利いたのか、佐久もおさとどのに呼び方が変わっている。

「だが、容易ではないぞ。おさとどのを攫った三人はいずれも武士だが、何者かも分かっていないのだ」

宗八郎も、おさとどのと呼んだ。おさとが身分のある者とかかわりがあると知り、呼び捨てにはしにくかったのである。

「何か手掛かりはないのか」

「ひとつある。長助がだれの子か分かれば、攫った者たちの正体が知れるかもしれん。……長助の父は旗本らしいが、原島どのは殿と呼んだ。おそらく、原島どのはその方に仕えている家士だろう。原島どのを尾ければ屋敷が知れ、屋敷の主も分かるはずだ」

「そうか」

「原島どのは、また近いうちに様子をうかがいに来ると口にしていた。そのとき、尾けてみよう」

宗八郎は、原島が来たとき安田屋にいた者が尾ければいい、と言い添えた。

「分かった。……おれも、できるだけ顔を出そう」

「そうしてくれ」

佐久が、安田屋に頻繁に顔を出してくれるのは都合がよかった。それというのも、おさとを攫った三人が、いつ安田屋に踏み込んでくるか分からなかったのである。

宗八郎たちが奥の座敷で話していると、帳場にいたおよしが入ってきて、浜之助が店に来ていることを知らせた。

宗八郎はすぐに立ち上がって帳場に出ると、

「浜之助、何か用か」

と、訊いた。

浜之助は、宗八郎の後ろについてきた佐久と徳兵衛に頭を下げてから、

「父上に、お話が」

と、小声で言った。

佐久と徳兵衛も、頭を下げた。ふたりは、浜之助が宗八郎の嫡男で、塚原家を継いでいることは知っていたし、顔を合わせたこともあった。

「分かった」

宗八郎はすぐに土間に下りた。浜之助は、何か大事な話があって足を運んできたようである。

宗八郎は浜之助とふたりで店の外に出ると、

「何かあったのか」

と、すぐに訊いた。

「家に藤倉《ふじくら》どのがみえられ、御目付さまのお屋敷に来るようにとの話がありました」

浜之助が声をひそめて言った。

藤倉峰次郎《みねじろう》は、藤堂家に仕える用人である。藤堂から浜之助や宗八郎に知らせがあるとき、藤倉が使いに来ることが多かった。

「いつだ?」

「今日の下城後に、お屋敷に来るようにとのことでしたが」

「七ツ(午後四時)過ぎだな」

藤堂は、七ツごろ下城することが多かった。藤堂家の屋敷は、小川町《おがわまち》にあった。安田屋のある佐久間町からは遠くない。

「浜之助はどうするのだ」

「わたしは行きません。来るようにとの話があったのは、父上だけですから」

「分かった。おれだけで行こう」

「では、わたしは、これで」

浜之助は踵《きびす》を返して、安田屋の店先から離れた。

宗八郎は安田屋にもどり、徳兵衛や佐久としばらく話してから二階に上がった。そして、自分の部屋で一休みしてから小川町にむかった。

途中、神田花房町《はなぶさちょう》でそば屋を目にし、腹ごしらえをして神田川にかかる昌平橋《しょうへいばし》を渡った。橋のたもとを南にむかい、旗本屋敷のつづく通りをしばらく歩いてから右手の通りに入った。この辺りから小川町である。通り沿いには、大身の旗本屋敷がつづいていた。

小川町に入って間もなく、宗八郎は武家屋敷の門前で足をとめた。藤堂家の屋敷である。

御目付の役高は千石だった。藤堂家の表門は、千石の旗本に相応《ふさわ》しい門番所付きの長屋門である。

宗八郎が門番の若党に名と来意を告げて待つと、いっときして表門の脇のくぐりがあき、藤倉が姿を見せた。

藤倉は初老だった。丸顔で、すこし垂れ目である。福耳で、目を細めて笑うと恵比《え》須《びす》のような顔になる。

「塚原どの、入ってくれ」

藤倉は宗八郎をくぐりから入れた。

宗八郎は藤堂家に来ると、くぐりや裏門から入ることが多かった。影目付などという役職はなく、宗八郎は表向き塚原家の隠居である。表門をあけて入るわけにはいかなかったのだ。

3

「塚原どの、こちらへ」

藤倉が先にたった。

藤倉が宗八郎を案内したのは、中庭の見える座敷だった。客間だが、藤堂は配下の御徒目付組頭や御徒目付と会って指図するときに使っている。

「殿は、すでに下城しておられる。すぐに、見えられよう」

藤倉はそう言い残し、座敷から出ていった。

いっときすると、忙しそうに歩く足音がし、障子があいて藤堂が姿を見せた。藤堂は小紋の小袖に角帯《かくおび》というくつろいだ恰好だった。下城後、裃《かみしも》を着替えたらしい。

藤堂は座敷に腰を下ろすと、宗八郎が時宜《じぎ》を述べようとするのを制して、

「塚原、久し振りだな」

と、口許に笑みを浮かべて言った。

藤堂は五十がらみ、中背でほっそりしていた。面長で眉が細い。武芸などには縁のなさそうな風貌だが、目には能吏《のうり》らしいひかりが宿っている。

「さっそくだが、塚原に頼みたいことがあってな」

藤堂が笑みを消して言った。

「…………」

宗八郎は黙って頭を下げた。

「御小納戸頭取《おこなんどとうどり》の近藤左内《こんどうさない》どのを知っているか」

「お名前だけは」

御小納戸頭取は、役高千五百石の重職だった。近藤の屋敷は西神田にあると聞いていた。役高だけみれば、御目付の藤堂より高いことになる。

「近藤どのから頼まれたのだが、これは内密に探らねばならぬ件でな。目付筋の者は使えないのだ」

藤堂が声をひそめて言った。

「どのようなことでございましょうか」

「表沙汰《おもてざた》にできぬことだが、近藤どのには妾腹《めかけばら》の子がいてな、市井で暮らしているらしい。その母子《おやこ》を、何者かが連れ去ろうとしているようなのだ」

おさとどのと長助だ！　と宗八郎は、胸の内で声を上げた。

藤堂は宗八郎の顔が変わったのを目にし、

「塚原、何か知っておるのか」

と、小声で訊いた。

「その母子の噂を、耳にしたことがございます」

宗八郎は、おさとが攫われ、長助が安田屋に駆け込んできたことは話さなかった。まだ、長助が近藤の子と決め付けられなかったからである。

「ならば、話が早い。……その母子の身を守り、ふたりを連れ去ろうとしているのは何者なのか、つきとめてほしいというのが、近藤どのの頼みだ」

藤堂が声をあらためて言った。

「すると、近藤さまも、何者が何のために母子を連れ去ろうとしているのか、ご存じないのですか」

宗八郎が訊いた。

「そうらしい」

「つかぬことをお訊きしますが、近藤さまには奥方はおられるのですか」

「むろん、いる」

「お子は？」

「ふたりいると聞いたが……。くわしいことは知らぬ」

「調べてみましょう」

原島がしゃべらなくとも、近藤家の奉公人に訊けばすぐに知れるだろう。

「近藤どのにすれば、こうしたことは表沙汰にしたくないだろう。……むずかしい依頼だが、塚原、やってくれんか」

「承知しました」

乗りかかった船である。それに、原島から御助け料ももらっている。やるしかないのだ。

「藤堂さま、懸念《けねん》がございます」

宗八郎が、声をあらためて言った。宗八郎が徒目付組頭だったときは、藤堂を御目付と呼んでいたが、いまは藤堂さまと呼ぶようにしていた。ふたりのかかわりを秘匿《ひとく》するためである。

「懸念とは？」

「此度の件には、近藤家以外の幕臣がかかわっている恐れがございます。それに、母子を攫うだけでなく、われらにも凶刃《きょうじん》をふるうかもしれません。そのようなときには、どういたせばよろしいでしょうか」

おさとを攫った三人の武士は、旗本の家士か御家人ではないかと宗八郎はみていたからだ。

「相手が先に抜けば、斬ってもかまわん。それに、状況をみて倅の浜之助と堀《ほり》を使え」

藤堂が言った。

「承知しました」

堀重三郎《じゅうざぶろう》は御徒目付で、宗八郎が御徒目付組頭だったとき直属の配下だった。事件の探索の経験も豊富で、剣の腕もたつ。頼りになる男である。

「頼むぞ」

「すぐに、探索にあたります」

宗八郎は、あらためて藤堂に低頭してから座敷を出た。

藤堂家を出た宗八郎は塚原家には立ち寄らず、まっすぐ安田屋にもどった。

安田屋の帳場に、平次の姿があった。

宗八郎は平次と徳兵衛を前にして、

「長助の父親が知れたぞ」

と、口にした。平次が長助の父親を探っていたので、すぐに知らせておこうと思ったのである。

「だれで？」

平次が身を乗り出すようにして訊いた。

「近藤左内という旗本らしい」

宗八郎は、近藤の役職も禄高《ろくだか》も口にしなかった。

「よく分かりやしたね」

「おれのむかしの仲間の目付筋の者から聞いたのだ」

藤堂の名を出せなかったので、目付筋の者に聞いたことにしておいた。

「それでな、明日、近藤家を探ってみたいのだが、平次、いっしょに行ってくれんか」

こうした聞き込みに、平次は役にたつはずである。

「承知しやした」

平次が目をひからせてうなずいた。

4

「お気をつけて」

徳兵衛は、安田屋の戸口まで宗八郎と平次を見送りに出た。宗八郎たちは、これから近藤家を探りに行く。

徳兵衛は宗八郎たちを見送った後、店先を離れ、神田川沿いの道を宗八郎たちとは反対方向になる東にむかった。

徳兵衛は柳橋《やなぎばし》にある料理屋の依頼で、女中と下働きの男を斡旋《あっせん》したが、そろそろ契約が切れるころなので、今後どうするか、あるじと相談しておこうと思ったのである。

徳兵衛が半町ほど歩いたとき、神田川の岸際に植えられた柳の樹陰にいた町人が、通りに出てきた。棒縞《ぼうじま》の小袖を裾高に尻《しり》っ端折《ぱしょ》りした遊び人ふうの男である。瘦せて、浅黒い顔をしている。

男は徳兵衛に近付いてきて、

「旦那、ちょいと」

と、声をかけた。口許に薄笑いが浮いている。

「何か用かな」

徳兵衛は足をとめた。

「へい、旦那にお聞きしてえことがありやして」

「何です？」

「ちょいと前《めえ》に、店からお侍が出ていきやしたが、安田屋さんに出入りしている方ですかい」

男が、徳兵衛を上目遣いに見ながら訊いた。

「出入りというか、ご用があって見えられたんですよ」

徳兵衛は、御助け人のことは他言しないようにしていた。

「安田屋さんは、口入れ屋の他に駆込み宿をやってると聞いてやすが」

「はい、困ったことがありましたら、お力になりますよ」

徳兵衛は、ゆっくりと歩きだした。駆込み宿のことは界隈に知れ渡っているし、隠すことではなかった。

「駆込み宿に、子供が駆け込んだと聞きやしたが――」

男が徳兵衛についてきながら訊いた。

「子供ですか」

徳兵衛は、長助のことかもしれないと思った。

「五つか六つの男児《おとこのこ》なんですがね。名は長助といいやす」

「長助……」

徳兵衛は、この男は長助を攫おうとした三人の武士の一味かもしれないと思ったが、顔には出さなかった。

「そうでさァ。駆込み宿に行ったはずですぜ」

男の物言いが伝法になった。

「おまえさんは、その児の親ですか」

「そうよ」

男は嘯《うそぶ》くように言った。

徳兵衛は嘘だと思ったが、何も言わなかった。

「長助は、駆込み宿にいるな」

男の声が大きくなった。

「おりませんよ」

「ごまかすのか。店の二階に、子供がいるのを見た者がいるんだ。おれの子供を攫って、どうしようてえんだい」

男が威嚇するように声を荒立てた。

「二階にいるのは、女児ですよ」

徳兵衛が静かな声で言った。

「女児だと」

男が驚いたような顔をした。

「はい、てまえの親戚の子でしてね。親が病で臥《ふせ》ってまして、しばらくうちで預かることにしたんですよ」

「おい！　ごまかそうってえのか」

男の顔が怒りで赭黒く染まった。

「嘘ではありません。女児ですよ。……嘘だと思うなら、その目でご覧になりますか」

徳兵衛が足をとめて言った。

「おお、見せてもらおうじゃァねえか」

男が肩を怒らせて言った。

「てまえは、急いでますが……。まァ、いいでしょう。このまますぐに引き返して、見てもらいましょう」

徳兵衛は踵を返した。

男は徳兵衛についてきたが、戸惑うような顔をしている。徳兵衛が自信たっぷりに言い、すぐにその児を見せると言ったので、安田屋の二階にいるのは女児かもしれないという気になったらしい。

「店の二階まで上がってもらって、お見せするのです。……お名前だけでも聞かせてもらいましょうかね」

徳兵衛が歩きながら言った。その声には、ふだんとちがう重いひびきがあった。細い目に刺すようなひかりが宿っている。いつもの好々爺《こうこうや》のような穏やかな顔ではない。駆込み宿のあるじらしい貫禄にくわえ、凄みさえある。

「や、弥之助《やのすけ》だよ」

男が声をつまらせて言った。

「弥之助さん、だれから長助という男児が二階にいると聞いたんです」

徳兵衛が訊いた。

「だれでもいいじゃァねえか」

「その方に、よく言っといてくださいよ。……男児と女児の区別もつかないのかって」

そんなやり取りをしている間に、徳兵衛たちは安田屋の店先に来た。

弥之助は戸口で戸惑うような仕草を見せた。

「さァ、入ってください」

徳兵衛は、弥之助の背を押すようにしてなかに入れた。

徳兵衛は帳場に上がり、階段の下へ行くと、

「おゆき、いるかい」

と、声をかけた。

「いますよ」

すぐに、二階でおゆきの声がした。

徳兵衛は弥之助を振り返り、

「おゆきは、てまえの娘です。預かった児の世話をさせてましてね。年頃の娘なので、いきなり男がふたり入っていったら、困ることもあるでしょう。それで、二階に声をかけたんですよ」

そう言って、弥之助を帳場に上げた。

徳兵衛が声をかけたのは、これから座敷にいる長助を見せるという合図だった。徳兵衛はいざというときのために、おゆきとおよしに話しておいたのである。

いまごろ、おゆきは長助に、声を出さず、それらしく振る舞うように念を押していることだろう。

「さァ、上がってください」

「……そ、そうか」

弥之助は、尻込みするような素振りを見せた。徳兵衛にこれだけ自信たっぷりに振る舞われると、二階の座敷に長助がいるとは思えなかったのだろう。

「いっしょに来て、しっかり見てくださいよ」

そう言って、階段を上がり始めた。

弥之助は首をすくめて、徳兵衛の後についてきた。

徳兵衛はおゆきと長助のいる座敷の前まで来ると、

「女の部屋なので、入るのは遠慮してくださいよ」

と弥之助に小声で言い、

「あけるよ」

と、声をかけてから障子をあけた。

座敷に、おゆきと女児に身を変えた長助が、座っていた。ふたりの膝先に、千代紙と折った鶴が置いてあった。ふたりで、折り紙をしていたようだ。

長助は女児にしか見えなかった。着物も髪形も女児のものだし、その仕草も女児のように見えた。

弥之助は目を瞠いて座敷にいるふたりを見たが、すぐに、渋い顔をして、

「確かに、女だ……」

と、小声で言った。

徳兵衛は障子をしめ、

「納得していただけましたかな」

と、口許に笑みを浮かべて言い、すぐに障子をしめてしまった。

徳兵衛は弥之助を階下に連れて行くと、

「どなたに、うちの二階に男児がいると聞いたか知りませんが、いるのは女児だとよく言っておいてくださいよ」

と、念を押すように言った。

「…………」

弥之助は無言のまま、肩を落として戸口から出ていった。

……これでいい。安田屋に、長助がいるとは思わないはずだ。

徳兵衛は、去っていく弥之助に目をやりながらつぶやいた。

5

宗八郎と平次は、西神田を歩いていた。そこは、水道橋《すいどうばし》のたもとから南に三町ほど歩いたところだった。通り沿いには、大身の旗本屋敷がつづいていた。

「確か、この辺りだったがな」

宗八郎が、武家屋敷に目をやりながらつぶやいた。

五、六年前、この辺りの通りを歩いたとき、いっしょにいた目付筋の者から、近藤家の屋敷だと教えられたのだが、記憶が曖昧ではっきりしなかった。

「だれかに、訊いてみるか」

宗八郎は訊いた方が早いと思い、路地の先や脇道などに目をやりながら歩いた。

「旦那、あの中間はどうです」

平次が前方を指差して言った。

仕着せの法被《はっぴ》を着た男がふたり、こちらに歩いてくる。

「あのふたりに訊いてみるか」

宗八郎は、足を速めた。

宗八郎はふたりの中間を前にして足をとめると、

「ちと、ものを尋ねるが」

と、声をかけた。

「へえ……」

四十がらみと思われる痩せた男が、戸惑うような顔をして足をとめた。もうひとりは若かった。小柄で、浅黒い顔をしている。

「この辺りに、近藤左内さまのお屋敷があると聞いてまいったのだが、知っているかな」

「近藤さまですかい」

痩せた男が言った。

「御小納戸頭取をなされているお方だ」

「その近藤さまなら、この先ですぜ」

痩せた男が、三町ほど行くと右手に門番所付の長屋門を構えた屋敷があり、それが近藤さまのお屋敷だと話した。

「この辺りのことに、くわしいようだな」

「へい、近藤さまのお屋敷の近くに奉公したことがあるんでさァ」

「そうか」

宗八郎は、この男に話を聞けば、近藤家の様子が知れるのではないかと思い、

「ちかごろ、近藤さまのお屋敷で揉め事があったと耳にしたのだが、聞いているかな」

と、訊いてみた。

「そんな話は、聞いてませんねえ。……五助《ごすけ》、おまえはどうだい」

痩せた男が、若い男に顔をむけて訊いた。

「あっしも、聞いてねえ」

すぐに、若い男が答えた。

「お子はふたりいると聞いたが、ふたりとも男児かな」

「男児は、ひとりですがね。その跡取りが、亡くなったんでさァ」

痩せた男によると、近藤の奥方は佳乃《よしの》という名で、子供は男女ひとりずついたという。

「嫡男が、亡くなったのか」

宗八郎が聞き返した。

「へい、二年ほど前《めえ》に、ご嫡男の英太郎《えいたろう》さまが流行病《はやりやまい》に罹《かか》って……」

痩せた男によると、亡くなった嫡男は十二歳で元服前だったという。

「もうひとりは？」

「長女の八重《やえ》さまは、健やかにお育ちのようですよ」

「おいくつになられるのだ」

「十歳になられたと聞きやしたが……」

痩せた男は語尾を濁した。はっきりしないらしい。

「跡取りが亡くなったのか。……それで、近藤家はだれが継ぐのかな」

さらに、宗八郎が訊いた。

「あっしには、分からねえ」

「八重さまに、婿をとるということもあるだろうな」

そう言ったとき、宗八郎の脳裏に、長助のことがよぎった。長助が近藤の子であれば、跡取りということになる。

長助とおさとが襲われた裏に、近藤家の相続争いがあるのかもしれない、と宗八郎は思った。

「近藤家の跡継ぎのことで、何か聞いていないか」

宗八郎が、ふたりの中間に目をむけて訊いた。

「聞いてませんねえ」

痩せた男が言うと、若い男もうなずいた。

宗八郎が口をつぐむと、ふたりの男はその場を離れたいような素振りを見せ、

「あっしらは、急ぎの用がありやして」

と、痩せた男が首をすくめながら言った。いつまでも、話し込んでいるわけにはいかないと思ったようだ。

「手間をとらせたな。行って、いいぞ」

宗八郎がふたりに言った。

ふたりの中間がその場から離れると、宗八郎と平次は近藤家の屋敷のある方へ足を

むけた。とりあえず、屋敷を確かめておこうと思ったのである。

三町ほど歩くと、中間が話したとおり、通りの右手に門番所付の長屋門を構えた屋敷があった。

「この屋敷だな」

宗八郎は門の前で足をとめて屋敷に目をやったが、すぐに歩きだした。屋敷を眺めていてもしかたがない。平次は黙って後をついてきた。

屋敷から半町ほど離れたところで宗八郎は足をとめ、

「さて、どうするかな」

と、屋敷に目をやりながら言った。

「旦那、近藤さまとおさとさんは、どこで知り合ったんですかね。身分のある旗本のお殿さまと、町人の娘のおさとさんがどこかで出会って、子供までつくったんだ。いい仲になるまで、どこかで逢ってたはずですぜ」

平次がもっともらしい顔をして言った。

「おさとどのが、行儀見習いとして近藤家で奥女中をしていたときに手が付いたとも考えられるが、近藤さまが贔屓《ひいき》にしていた料理屋か料理茶屋で、おさとどのが女中をしていて、そこで知り合ったのかもしれんな」

行儀見習いのために奥女中として旗本屋敷で奉公するのは大店《おおだな》の娘が多く、そのおりに当主の手が付いて身籠もれば、宿下がりして自分の家で子を産むはずである。育てるにしても、母子だけで借家や長屋などで暮らすはずはない。

「ふたりのことは、原島どのなら知ってるだろう」

宗八郎は原島なら、おさとと近藤のことも跡継ぎのことも承知しているのではないかと思った。

「原島さまに訊いてみたらどうです」

平次が言った。

「それが手っ取り早いが、原島どのがいつ安田屋に来るか分からんからな」

「近藤家で奉公している者に、言伝《ことづて》を頼んだらどうです」

「門番にでも、話しておくか」

宗八郎の名を言えば、原島には分かるはずである。

宗八郎と平次は、近藤家の屋敷に引き返し、表門のくぐりから門番所にいた若党に声をかけ、塚原宗八郎と名乗った上で、原島どのにお伝えしたいことがあるので、佐久間町の安田屋へ至急来ていただきたい、との言伝を頼んだ。

宗八郎と平次は近藤家の屋敷から離れると、来た道を引き返した。今日は、このまま安田屋まで帰るつもりだった。

6

陽は家並の向こうに沈み、西の空は夕焼けに染まっていた。

まだ、上空には日中の明るさが残っていたが、通り沿いの店の軒下や樹陰などには淡い夕闇が忍びよっている。そろそろ暮れ六ツ（午後六時）の鐘が鳴るだろうか。

宗八郎と平次は、西神田から神田川沿いの通りを経て昌平橋を渡った。そして、橋のたもとを右におれ、佐久間町の方に足をむけた。

そのとき、石町《こくちょう》の暮れ六ツの鐘が鳴った。その鐘の音がやむと、通りのあちこちで表戸をしめる音が聞こえだした。店仕舞いを始めたのである。

筋違御門の前まで来ると、平次がそれとなく後ろを振り返り、

「旦那、後ろの笠をかぶった二本差しですがね。昌平橋を渡ったときも、後ろにいやしたぜ」

と、小声で言った。

「おれも気付いていた」

宗八郎も、その武士を目にしていた。

武士は網代笠《あじろがさ》をかぶっていた。小袖にたっつけ袴、草鞋《わらじ》履きで二刀を帯びている。ふだん町筋で見かける御家人や江戸勤番の藩士のような身装《みなり》ではなかった。旅装のような恰好である。

……だが、ひとりだ。

宗八郎は、恐れることはない、と思った。それに、神田川沿いの道にはちらほら人影があった。ここで襲うことはあるまい。

花房町まで来ると、前方に神田川にかかる和泉橋が見えてきた。安田屋は、すぐである。

そのとき、前方から歩いてくるふたりの武士が、宗八郎の目にとまった。ふたりとも、小袖に袴姿で網代笠をかぶっていた。

ふたりは、足早に近付いてくる。

……殺気がある！

宗八郎は、すこし前屈みの恰好で足早に迫ってくるふたりの武士の身辺に、殺気があるのを感知した。

振り返ると、背後の武士が小走りで近付いてきた。

おさとを攫った三人の武士ではないか、と宗八郎は思った。

「や、やつら、あっしらを狙ってるようですぜ」

平次が声をつまらせて言った。

「そのようだ」

宗八郎は、このままでは勝負にならないとみた。逃げるしか助かる手はないが、それもむずかしい。

宗八郎は、すばやく周囲に目をやった。

岸際で、何本かの桜が枝葉を茂らせていた。二間ほどの距離を置いて、太い幹が並んでいる。

「平次、川岸へ逃げるぞ」

宗八郎は川岸へ走り、桜の幹の間に立った。背後と、左右からの攻撃を避けるためである。

すぐに、平次も宗八郎と同じように桜の幹の間に逃げ込んだ。ふたりの背後は神田川の岸で、急な傾斜地になっていた。丈の高い芒《すすき》や葦《あし》が群生している。

右手からふたり、左手からひとり、三人の武士が小走りに迫ってきた。すでに、ひとりは抜刀し、抜き身を引っ提げている。

「平次、岸際をつたって逃げろ！」

宗八郎は、平次なら岸に繁茂した草藪《くさやぶ》を抜けて逃げられるだろうとみた。それに、闘いになったら、平次を守ることはできない。

「だ、旦那は！」

平次が声を震わせて訊いた。

「ここで、食いとめる。平次は安田屋に走って、助けを呼べ！」

安田屋は近い。何とか持ち堪《こた》えて、助けを待つのである。

「へ、へい」

いきなり、平次が岸際の急斜面に飛び下りた。

バサ、バサ、と音をたて、平次は丈の高い芒や葦を両手で払いながら、安田屋の方にむかっていく。

「ひとり、逃げたぞ！」

左手から来た武士が叫んだ。

小柄で、ずんぐりした体軀《たいく》だった。岸際に足をとめて、下を覗いている。

「追え！」

大柄な武士が声をかけ、宗八郎の前にまわり込んできた。

小柄な武士は、平次に目をやりながら岸の近くを追った。だが、平次の姿はだいぶ遠ざかっている。

平次は敏捷《びんしょう》で、足が速かった。すでに、平次は急斜面から通りにもどり、安田屋の方に疾走していた。その後を、小柄な武士が追っていく。

大柄な武士が、宗八郎の前に立った。もうひとり、中背で痩身の武士は宗八郎の左手にまわり込んできた。だが、左手にまわった武士は、宗八郎から大きく間合をとっていた。宗八郎との間に、桜の幹があって近寄れないのだ。

宗八郎と大柄な武士の間合は、およそ三間半――。

宗八郎は青眼《せいがん》に構え、大柄な武士は下段に構えていた。下段といっても刀身が高く、切っ先が宗八郎の下腹あたりにむけられている。

……手練《てだれ》だ！

と、宗八郎はみてとった。

大柄な武士の構えには隙がなかった。ゆったりとして腰が据わっている。それでいて、巨岩が迫ってくるような威圧感があった。

だが、宗八郎は臆さなかった。全身に気勢を漲《みなぎ》らせ、相手の目線につけた剣尖《けんせん》に斬《ざん》撃《げき》の気配を込めた。

「やるな」

大柄な武士が、低い声で言った。

宗八郎の構えにも隙がなかった。それに、目線にむけられた剣尖には、そのまま眼前に迫ってくるような威圧感があるはずである。

宗八郎は動かなかった。気を静めて、大柄な武士の構え全体に目をむけていた。遠《えん》山《ざん》の目付である。敵の構えや切っ先を見るのではなく、遠くの山を見るごとく、敵の全身を見る。そうすると、敵の構えや動きにまどわされることなく、敵の気の動きや間合などを読み取ることができるのだ。

イヤアッ！

突如、大柄な武士が裂帛《れっぱく》の気合を発した。

雷鳴のような気合である。大柄な武士は気合で宗八郎の心を動揺させ、構えをくずそうとしたのだ。

だが、宗八郎は動じなかった。剣尖は動かず、ピタリと大柄な武士の目線につけられている。

「いくぞ！」

大柄な武士が、間合をつめ始めた。

趾《あしゆび》を這《は》うように動かし、ジリジリと迫ってくる。ふたりの間合が狭まるにつれ、大柄な武士から痺《しび》れるような剣気がはなたれ、斬撃の気配が高まってきた。

大柄な武士の右足が一足一刀の間境《まざかい》にかかった刹那《せつな》、全身に斬撃の気がはしった。

……くる！

と感知した宗八郎は、両踵《かかと》をかすかに浮かした。斬撃の起こりを迅《はや》くするためである。

イヤアッ！

裂帛の気合と同時に、大柄な武士の体が躍り、閃光《せんこう》がはしった。

踏み込みざま、下段から逆袈裟《ぎやくげさ》へ――。

刹那、宗八郎は突き込むように鋭く斬りおろした。

ふたりの刀身が合致し、甲高い金属音がひびいて青火が散った。次の瞬間、ふたりは二の太刀をはなった。

宗八郎は一歩身を引きざま刀身を横に払い、大柄な武士は、逆袈裟にふるった刀身を返して袈裟に斬り下ろした。

一瞬の攻防である。

バサリ、と宗八郎の右袖が斜に裂けた。肩先に、かすかに血の色が浮いた。うすく肌を裂かれたようである。

一方、大柄な武士の右の袂も裂けて垂れ下がったが、血の色はなかった。

次の瞬間、ふたりは後ろに跳んだ。宗八郎は岸際に迫っていたので、わずかに下がっただけである。

ふたりはふたたび、青眼と下段に構えあった。

「浅かったか……」

大柄な武士の口許に薄笑いが浮いた。

……鋭い返しだ！

宗八郎の背筋を冷たい物がはしり、全身が粟立《あわだ》った。

大柄な武士は下段から逆袈裟に斬り上げ、刀身を返して袈裟に斬り下げた。その連続技がおそろしく迅かった。

「次は仕留める」

大柄な武士が、ふたたび間合をせばめ始めた。

7

平次は安田屋に飛び込み、

「だ、旦那！」

と、帳場にいた徳兵衛を見て声を上げた。

見ると、帳場には佐久の姿もあった。胡座《あぐら》をかいて茶を飲んでいる。

「どうした、平次」

佐久が、驚いたような顔をして訊いた。

「塚原の旦那があぶねえ！　三人組に襲われた」

「どこだ」

佐久が傍らに置いてあった大刀をつかんで立ち上がった。

徳兵衛も、慌てた様子で腰を上げた。

「すぐ近くで」

平次が、神田川沿いの道だと言い添えた。

「よし、行くぞ！」

佐久は土間に飛び下りた。

徳兵衛は佐久につづいて、戸口から外に出ると、

「てまえは、駕籠辰《かごたつ》さんに寄って行きますから」

と、佐久の背に叫んだ。

駕籠辰は安田屋の三軒先にある辻駕籠屋だった。徳兵衛は駕籠辰の親方と懇意にしていて、駕籠を頼むときはむろんのこと、揉め事があって男手がいるときも駕籠舁《か》きを頼むことがあったのだ。

徳兵衛は助っ人に駕籠舁きを連れていくつもりらしい。

「佐久の旦那、こっちで！」

平次が先にたった。

ふたりは、神田川沿いの通りを懸命に走っていく。


そのとき、宗八郎は大柄な武士と対峙《たいじ》していた。すでに、二合していた。宗八郎は右肩が血に染まり、右の二の腕にも血の色があった。

大柄な武士は、逆袈裟に斬り上げた刀を袈裟に斬り下ろしたのではなかった。逆袈裟に斬り上げた後、横一文字に払ったのだ。その切っ先が、宗八郎の右の二の腕をと

らえたのである。

「次は、首を刎《は》ねてくれよう」

大柄な武士がくぐもった声で言った。

……二の太刀が読めぬ！

と、宗八郎は思った。

大柄な武士は、逆袈裟に斬り上げた後の二の太刀を敵の動きに応じて変化させるようだ。そのため、太刀筋が読めない。

大柄な武士が趾を這うように動かし、ジリジリと間合をせばめてきた。

……先《せん》をとるしかない！

宗八郎は、先にしかけようと思った。

大柄な武士が、下段から袈裟に斬り上げる前に斬り込むのである。

大柄な武士との間合がせばまってきた。ふたりの全身に気勢が満ち、しだいに斬撃の気配が高まってきた。

そのときだった。通りの先で「塚原！」という男の声と、走り寄る足音が聞こえた。

宗八郎が後じさって目をやると、通りの先に佐久と平次の姿が見えた。ふたりは、懸命に走ってくる。

大柄な武士も目をやり、走り寄るふたりを目にすると、

「塚原は、おれひとりでやる。ふたりで、佐久たちを斬れ！」

と、指示した。どうやら、三人のなかでは、大柄な武士が頭格らしい。それに、佐久の名も知っているようだ。

平次を追った小柄な武士も、この場にもどっていた。ふたりの武士は踵を返すと、佐久と平次を迎え撃つように刀をふたりにむけた。


佐久は、ふたりの武士の前まで走ってきて足をとめると、

「平次、おれの後ろへまわれ」

と、声をかけた。そして、宗八郎と同じように岸際の桜の幹の間に立った。平次はすばやい動きで佐久の後ろへまわった。

痩身の武士が佐久の前に立ち、小柄な武士が左手にまわり込んできた。

「さァ、こい！」

佐久が大刀を抜きはなった。

三尺はあろうかという長刀である。佐久は脇構えにとり、わずかに腰を沈めた。刀

身を横に払う構えである。

佐久は柳剛流《りゅうごうりゅう》の遣い手だった。

柳剛流の祖は、岡田総右衛門《おかだそうえもん》（惣右衛門とも）である。岡田は江戸で心形刀流《しんぎょうとうりゅう》を伊庭軍兵衛《いばぐんべえ》の道場で修行した後、各地を遍歴して諸流を身につけ、脛《すね》を斬るという特異な剣を工夫した。その後、柳剛流と称して江戸に道場をひらき、門人を集めて脛を斬る剣を伝授したのである。

柳剛流の脛を斬る刀法は、こうである。

長刀を脇構えにとり、横に払って敵の脛を斬るのだ。それだけなら、たいした威力はないかもしれない。だが、柳剛流は敵の脛を狙って刀を横に払うだけではなかった。長刀には峰にも刃があり、横に払った太刀をかわされると、そのまま刀身を返さずに、二の太刀を横に払ったり逆袈裟に斬り上げたりすることができた。そのため、二の太刀が迅くなり、敵はかわすことができなくなるのだ。

ただ、佐久の長刀は両刃ではなかった。初太刀は脛を狙って横に払うが、二の太刀は横に払わずに、踏み込みざま袈裟や真っ向に斬り込むことが多かった。それで、両刃の刀を使っていないのである。それに、両刃の刀だと、相手に柳剛流を遣うことを看破され、脛を狙って横に払う刀法を知らせてやることになってしまう。

佐久と痩身の男との間合は、およそ四間ほどあった。痩身の男は、佐久の手にした長刀を警戒して遠間にとったらしい。

痩身の男は青眼に構えた。剣尖が、佐久の目につけられている。

……なかなかの遣い手だ！

と、佐久はみてとった。

腰の据わった隙のない構えである。佐久の目につけられた剣尖の先に、痩身の男が遠ざかったように見えた。剣尖の威圧で、間合を遠く見せているのだ。

「まいる！」

痩身の男が先に動いた。摺《す》り足で、間合をせばめてくる。その動きに合わせるように、左手にまわり込んだ小柄な武士も間合をつめてきた。

そのときだった。桜の幹の陰にまわっていた平次が、

「安田屋の旦那たちだ！」

と、声を上げた。

佐久が通りの先に目をやると、徳兵衛と駕籠舁きが五人走ってくる。駕籠舁きたちは、半纏《はんてん》に褌《ふんどし》ひとつだった。手に手に、息杖《いきづえ》や六尺棒などを持っている。

「あそこだ！」

「やっちまえ！」

などと叫びながら、駕籠舁きたちが駆け寄ってくる。

これを見た大柄な武士は、逡巡《しゅんじゅん》するような顔をしたが、すぐに後じさり、宗八郎との間合をとると、

「引け！　この場は、引け！」

と声を上げ、反転して走りだした。

瘦身の武士と小柄な武士も身を引いて佐久から間合をとると、大柄な武士の後を追って駆けだした。

宗八郎は刀を下ろし、

「……助かったようだ」

とつぶやいて、ひとつ大きく息を吐いた。

そこへ、佐久と平次が駆け寄ってきた。

「塚原、斬られたのか」

佐久が宗八郎の傷を見て訊いた。

「なに、かすり傷だ」

「やつらか、おさとどのを連れ去ったのは」

佐久が訊いた。

「そのようだ。……三人とも遣い手だな」

宗八郎は、強敵だと思った。

駕籠舁きたちが、宗八郎と佐久のまわりに駆け寄り、その背後から徳兵衛がよろめきながらやってきた。走るのが苦手らしい。

「つ、塚原さま、ご無事でしたか……」

徳兵衛が荒い息を吐きながら言った。顔に安堵《あんど》の色がある。

第三章　訊問

1

「塚原どのたちが、襲われたのでござるか」

原島が驚いたような顔をして訊いた。

宗八郎と平次が、神田川沿いの道で三人の武士に襲われた二日後だった。原島が安田屋に姿を見せた。門番の若党から、言伝を聞いて足を運んできたのだ。

安田屋の帳場の奥の座敷に、五人の男が集まっていた。徳兵衛、宗八郎、佐久、平次、それに原島である。

「三人とも遣い手でな。あやうく命を落とすところだったよ」

宗八郎が、駆け付けた佐久や近所の駕籠舁きなどに助けられたことを話した。

「その三人、何者でしょうな」

原島が宗八郎に目をむけて訊いた。

「それを訊きたいのは、おれたちだ。……原島どの、その三人の武士に心当たりはないのか」

宗八郎が念を押すように訊いた。

「ない、まったく……」

原島が困惑したように顔をゆがめた。

「三人は、牢人ではない。江戸詰めの藩士でもないらしい。そうなると、御家人か旗本に仕えている家士ということになりそうだが――」

「三人が何者なのか、それがしにも分からないのです」

原島が言った。

「長助は、近藤さまのお子だな」

宗八郎が、原島を見すえて訊いた。

まだ、はっきりしたわけではなかったが、まちがいないだろう、と宗八郎はみていた。だからこそ、近藤は原島に命じておさとに金を渡したり、御目付の藤堂に、おさとと長助の命を守るように頼んだりしたのではないか。

「どうして、それを……」

原島が驚いたような顔をして宗八郎を見た。

「おれたちも、いろいろ探ったのでな。そこもとが、近藤家の用人をされていることもつかんでいる。それゆえ、門番に言伝を頼むこともできたのだ」

「……！」

原島の顔がこわばった。

「長助は、近藤さまとおさとどのとの間に生まれた子ということになるな」

宗八郎が念を押すように訊いた。

徳兵衛と佐久が、驚いたような顔をして宗八郎を見た。そこまで、宗八郎が口にするとは、思っていなかったのだろう。

「そのとおりだ」

原島は小声で言った。

「ところで、近藤さまはおさとどのとどこで知り合ったのだ」

宗八郎が訊いた。

「殿から、柳橋の料理屋で知り合ったと聞いた覚えがあるが、くわしいことは……」

原島は言いにくそうな顔をした。

「そうか」

それだけ聞けば十分だ、と宗八郎は思った。

「……話を三人の武士にもどすが、まさか三人は近藤家に仕える者ではないだろうな」

宗八郎が声をあらためて訊いた。

「ちがう。近藤家に奉公する者ではない」

原島が語気を強めた。

「聞くところによると、近藤家の嫡男が二年ほど前に亡くなられたとか」

宗八郎は矛先を変えた。

「いかにも、英太郎さまは流行病で……」

原島によると、英太郎は幼いころから病気がちだったという。二年ほど前、流行病に罹って高熱がつづき、快復することなく亡くなったという。

「いま、近藤さまのお子は、八重という長女ひとりと聞いているが」

「いかさま……」

原島の顔に憂慮の翳《かげ》が浮いた。

「すると、近藤家の跡取りは長助ということになるのではないか。それとも、近藤さまは長女に婿を迎えて家を継がせるおつもりかな」

　宗八郎が訊いた。

「そ、それがしには、分からぬ。……それに、殿はまだお若い。跡取りの件は差し迫ったことではないのだ」

「そうは言っても、近藤さまは、だれに家を継がせるか考えているはずだ」

若いといっても、近藤は四十過ぎのはずである。旗本の年配の当主で、自分の家をだれに継がせるか、考えない者はいないだろう。

「殿も腹のなかでは、だれに家を継がせるか考えておられよう。いまは、あまり口にされないが……」

　そう言って、原島は膝先に視線を落した。

「近藤さまは、長助に家を継がせたいと思っているはずだ。だからこそ、長助とおさととの身を守るように、そこもとに指示し、おれたちに百両もの大金を出したのではないのか」

　それだけではない。近藤は御目付の藤堂とひそかに会って、長助とおさとの命を守るよう頼んでもいる。そうしたことからみても、近藤には長助に家を継がせたい強い思いがあるはずである。

「そうかもしれない……」

原島は否定しなかった。

次に口をひらく者がなく座敷が静まったとき、

「てまえには、腑《ふ》に落ちないことがあるのですが……」

と、徳兵衛がつぶやくような声で言った。

「腑に落ちないとは？」

原島が徳兵衛に目をやった。

「三人の武士ですが、なぜおさとさまや長助を攫《さら》おうとするんでしょうな。長助を跡取りにさせないためなら、何も攫ったりしないで殺してしまえばいい。ちがいますかね」

「徳兵衛の言うとおりだな」

これまで黙って聞いていた佐久が、口をはさんだ。

「それとも、長助が近藤家の跡取りと知って、身の代金でも巻き上げる算段だったんでしょうか。それなら、おさとさまを狙わないはずだし……。聞くところによると、三人の武士は駕籠を二挺用意していたそうですよ。初めから親子を攫おうとしていたのは、まちがいないんです」

そう言って、徳兵衛は首をひねった。

「原島どの、三人の武士から近藤家に何か言ってこなかったのか。金を出せとか、近藤家をだれに継がせろとか……」

宗八郎が訊いた。

原島はいっとき苦慮するように顔を雲らせていたが、

「三人の武士が言ってきたわけではないが、おさとさまから殿に、投文《なげぶみ》があったと聞いている」

と、小声で言った。

「なに！　おさとどのから投文があったと」

宗八郎の声が大きくなった。

「何者かが、屋敷内に投げ込んだらしい」

「して、その投文には何が書かれてあったのだ」

「その文を見たわけではないが、殿の話では、おさとさまの名で、左内さまとはお会いできない、わたしと長助のことは、忘れて欲しい、そうした内容が書かれていたそうだ」

「どういうことだ？」

「それがしにも、おさとさまの胸の内は分からないが……」

原島が顔に困惑の色を浮かべた。

「筆跡はどうだ。まちがいなく、おさとどのが書いた文なのか」

何者かが、おさとの名で書いて屋敷内に投げ込んだとも考えられる。

「殿は、女文字だが、ひどく乱れていて、おさとさまが書いたものかどうかはっきりしない、と仰せられていたが……」

原島が小声で言った。

そのとき、宗八郎の脳裏に、何者かが、おさとと長助のことを諦めさせるために、近藤家の屋敷に投文をしたのかもしれない、との思いがよぎったが、そのことは口にせず、

「いずれにしろ、おさとどのは、どこかに監禁されているとみていい。……何とか助け出さないとな」

そう言って、宗八郎は、その場に集まっている男たちに目をやった。

2

「ここだ、ここだ」

平次が店先の赤提灯を見て言った。「酒　樽八《たるはち》」と書かれている。

平次は、神田花房町の横町に来ていた。路地沿いに、一膳めし屋、そば屋、小料理屋などが軒を連ねていた。そのなかに、店先に縄暖簾《なわのれん》を出した小体《こてい》な飲み屋があった。樽八である。

平次は樽八の親爺、岩吉《いわきち》に弥之助のことを訊いてみようと思ったのだ。徳兵衛から弥之助のことを聞いた平次は、弥之助なら三人の武士のことを知っているとみたのである。

岩吉は、若いころから両国《りょうごく》や柳橋界隈で幅を利かせていた地まわりだったが、歳をとって睨みが利かなくなったので、女房といっしょに花房町で飲み屋を始めたのだ。岩吉はいまでも、両国、柳橋、それに花房町に近い湯島《ゆしま》界隈の遊び人や地まわりのことはくわしいはずだった。

まだ、八ツ（午後二時）ごろである。縄暖簾は出ていたが、客はいないらしく店内はひっそりしていた。

平次は、樽八の戸口の腰高障子をあけた。店のなかは薄暗かった。土間に飯台がふたつ置かれていたが、客の姿はなかった。

「だれかいねえかい」

平次は奥に声をかけた。

すると、土間の奥の板戸があいて、初老の男が顔を出した。岩吉である。岩吉は汚れた前だれで、濡れた手を拭きながら近付いてきた。

「いらっしゃい、酒にしやすか」

岩吉が訊いた。平次のことを客と思ったらしい。

岩吉は赤ら顔をして、でっぷり太っていた。頬が饅頭《まんじゆう》のように膨れ、顎の下の肉がたるんでいる。

「とっつァん、おれだよ。平次だ」

平次は下っ引きをしていたころ、岩吉と顔を合わせたことが何度かあった。

岩吉は瞼《まぶた》のたるんだ目で、平次の顔を見ていたが、

「平次か……。おめえ、御用聞きの手先だったな」

と言って、警戒するような顔をした。

「とっつァん、忘れちまったのかい。もう、十手は五年も前《めえ》に返《けえ》しちまったぜ。いまは、鳶よ」

実はその鳶も、ちかごろは仕事をしたことがない。それで、安田屋に出入りしてい

るのだ。

「そうだったな」

岩吉の顔から警戒の色が消えた。

「酒を頼むか」

平次は客がいないので、岩吉と一杯やりながら話そうと思った。岩吉は、酒好きのはずである。

「まだ、肴《さかな》は冷奴と漬物ぐれえしかねえぜ」

「それでいいよ」

「ここで、待っててくんな」

そう言い残し、岩吉は奥へ引っ込んだ。

平次が飯台を前にし、腰掛け代わりの空樽に腰掛けて待つと、岩吉が盆に載せた銚子と肴を運んできた。肴は小鉢に入った冷奴とたくわんの古漬けだった。

「まァ、一杯《いっぺえ》やってくんな」

岩吉は平次に酒をついでくれた。

平次は猪口の酒を飲み干した後、

「まだ、客はいねえようだな。とっつァんも一杯やってくれ」

そう言って、銚子をむけた。

「すまねえなァ」

岩吉は空樽に腰を下ろし、猪口を手にした。

平次は岩吉に酒をついでやりながら、

「とっつァんに、子供のことで、ちょいと聞きてえことがあるのよ」

と、声をあらためて言った。

「おめえ、十手は返《けえ》したんじゃァねえのかい」

岩吉は猪口を手にしたまま不審そうな顔をした。

「お上の仕事じゃァねえんだ。おれの知り合いがな、攫われちまったのよ。子供を残してな。その子が、おっかァ、おっかァ、と言って泣くんで、何とか母親を探して、連れ戻してやりてえと思ってな」

平次は、すこし話を変えて言った。

「その女親は、若《わけ》えのかい」

岩吉が、身を乗り出すようにして訊いた。興味を持ったようだ。

「若くはねえ。六つになる子がいるからな」

「だれが攫ったか知らねえが、薹《とう》の立った女じゃァ金にはなるめえよ」

岩吉は首をひねった。女郎屋にでも売り飛ばすつもりで、女を攫ったと思ったのであろう。

「その子はな、二本差との間に生まれた子らしいんだ。……女親を攫ったのは、三人の二本差なんだ」

「へえ、二本差が三人もでな」

岩吉は驚いたような顔をした。

「その三人の仲間に、遊び人がひとりいたようだ」

弥之助のことである。弥之助が、遊び人かどうか分からなかったが、徳兵衛の話では遊び人らしいということだった。

「名は分かるのかい」

岩吉が訊いた。

「弥之助だ」

「弥之助なァ……」

岩吉は小首をかしげた。

「二本差とつながっていることからみて、中間でもやっていたのかもしれねえ」

平次が言った。武家屋敷に奉公する中間なら、武士とつながりができても不思議はない。

「そいつは、旗本屋敷の中間部屋に出入りしてたやつかもしれねえぜ」

岩吉が目をひからせ、低い声で言った。地まわりとして幅を利かせていたころの顔を思わせる凄みがある。

「中間部屋というと、博奕《ばくち》か」

旗本屋敷の中間部屋で、ひそかに博奕がおこなわれることがあった。

「そうよ」

「屋敷はどこだい?」

「湯島と聞いたぜ。聖堂の近くらしいが、行ったことはねえ」

聖堂とは、湯島にある昌平坂学問所のことである。

「旗本の名は分かるかい」

「黒川《くろかわ》さまと聞いた覚えがあるが……。はっきりしねえな」

「黒川だな」

それだけ分かれば、つきとめられる、と平次は思った。

それから平次は半刻(一時間)ほど飲んで樽八を出ると、安田屋に足をむけた。徳兵衛や宗八郎に話しておこうと思ったのである。

3

平次が安田屋に入っていくと、宗八郎と徳兵衛が帳場で茶を飲んでいた。

平次はふたりのそばに腰を下ろし、

「弥之助ですが、旗本屋敷の賭場に出入りしてるかもしれねえ」

と、切り出した。まだ、弥之助かどうかはっきりしなかったが、平次は黒川もおさとを攫った一味とかかわりがあるような気がしたのである。

「中間部屋か」

宗八郎が訊いた。

「へい、湯島の近くにある旗本屋敷らしいんで」

「旗本の名は？」

「黒川という名らしいが、ほかのことは分からねえ」

「湯島近くにある黒川という旗本屋敷だな。……それだけ分かれば、何とかつきとめられるだろう」

宗八郎が言った。

「その旗本が、三人組のひとりかもしれませんよ」

徳兵衛が口をはさんだ。

「湯島に行ってみるか」

宗八郎は、湯島で黒川という旗本屋敷を探せば早いと思った。

「お供しやす」

すぐに、平次が言った。

「明日だな」

すでに、七ツ（午後四時）ごろだった。これから湯島へ出かけるには遅すぎる。

「佐久の旦那にも、話したらどうです」

徳兵衛が言った。

「そうしよう」

宗八郎は、佐久にも同行してもらおうと思った。宗八郎の胸に、平次とふたりで近藤家のことを探りに行った帰りに、三人の武士に襲われたことがよぎったのだ。おそらく、徳兵衛もそのことを思い出したのだろう。

翌日、宗八郎と平次は、神田相生町《あいおいちょう》に足をむけた。相生町の惣兵衛店《そうべえだな》に佐久は住んでいたのである。

安田屋から惣兵衛店は近かった。町屋のつづく通りを北にむかえば、すぐに相生町に出られる。

「佐久はいるかな」

宗八郎が歩きながら言った。

「いるはずですぜ。昨日《きのう》帰りがけに、佐久の旦那の家に立ち寄りやしてね、今日のことを話しておいたんでさァ」

「さすが、平次だ。気が利くな」

そんなやりとりをしながら、ふたりは相生町に入り、表通りから路地に足をむけた。ごてごてと小体な店や長屋などのつづく路地裏である。

宗八郎は、煮染《にしめ》屋の脇の路地木戸の前に足をとめ、

「ここだ」

と言って、平次とふたりで路地木戸をくぐった。

宗八郎と平次が佐久の家の前まで来ると、腰高障子のむこうから佐久の声と子供の笑い声が聞こえた。笑い声は、男児と女児のものである。佐久の嫡男の太助と長女のお菊であろう。

「佐久、入るぞ」

宗八郎が声をかけると、

「塚原か、入ってくれ」

と、佐久の声がした。

宗八郎が腰高障子をあけ、平次とふたりで土間に入った。

佐久とふたりの子供は、座敷にいた。佐久は仰向けに寝転がり、その大きな腹の上に太助とお菊が馬乗りになっていた。

ふたりは宗八郎たちに目をむけたが、佐久の腹から下りようとせず、笑いながら、ドウ、ドウ、と声を上げている。どうやら、ふたりして馬にでも乗っているつもりらしい。

そのとき、流し場にいた妻女のおしげが、「やめなさい！　お客さまですよ」と声を上げた。

すると、佐久が、

「さァ、下りろ。今日は、これまでだ」

と言って、胸のあたりにいたお菊の体を両手で持ち上げて脇へ下ろすと、兄の太助は横に転がるようにして下りた。

「おれを、馬にしおって……」

佐久は苦笑いを浮かべて上がり框のそばに出てきた。

ふたりの子供は、佐久の巨体の陰に隠れるようにしてついてきた。佐久の大きな腰の両脇から、顔だけ出して宗八郎と平次を見ている。

流し場の前に立っていたおしげが、

「お茶を淹れましょう」

と言って、流し場の棚にあった湯飲みを手にした。

おしげは小柄で、ほっそりしていた。巨軀の佐久と比べると、大人と子供のようである。

「いや、茶は結構だ。これから、すぐに湯島まで行かねばならんのでな」

慌てて、宗八郎が言った。

「すぐ、行くのか」

佐久が訊いた。

「遅くならないうちに、帰ってきたいからな」

宗八郎はそう言ったが、本心はふたりの子供と妻女の前で、茶を馳走になっても飲んだ気がしないだろうと思ったのだ。

宗八郎たち三人は、すぐに佐久の家を出た。

陽は南天にあった。そろそろ九ツ（正午）になるだろうか。宗八郎たちは、神田川沿いの通りに出ると、途中そば屋を見つけ、腹ごしらえをしてから湯島にむかった。

宗八郎たちは中山道《なかせんどう》を本郷《ほんごう》方面にむかい、湯島の聖堂の裏手に出た。しばらく歩くと、中山道沿いに武家屋敷がつづいていた。旗本や御家人の屋敷らしい。

「どうだ、この辺りで訊いてみるか」

宗八郎は、黒川という名を出して訊くより他に手はないと思った。

「武家地に入って訊くか」

佐久が言った。

中山道は旅人、駄馬を引く馬子《まご》、駕籠、雲水《うんすい》などが行き交い、話の聞けそうな相手はすくなかった。

宗八郎たちは、右手の通りに入った。通り沿いに、小身の旗本や御家人の武家屋敷がつづいている。

4

「あのお侍に、訊いてみやすか」

平次が前から歩いてくる武士を目にして言った。

御家人らしい。羽織袴姿で、中間をひとりだけ連れていた。

「おれが、訊いてみる」

宗八郎は足早に武士に近付き、

「ちと、ものを尋ねるが」

と、声をかけた。

五十がらみと思われる小柄な男である。

「この辺りに、黒川どののお屋敷があると聞いてまいったのだが、黒川どののお屋敷をご存じであろうか」

宗八郎が黒川の名を出して訊いた。

「はて、黒川どのな」

武士は首をかしげた。

「旗本なのだが」

「この通りをしばらく行くと、旗本屋敷が多くなります。そこで、訊いてみたらいかがかな」

そう言い残し、武士はその場から離れた。

武士に言われたとおり通りをしばらく歩くと、二百石から五百石前後と思われる旗本屋敷がつづいていた。

宗八郎たちは、路傍に足をとめた。黒川屋敷のことを、もう一度訊いてみようと思ったのである。

三人は通りの左右に目をやり、話の聞けそうな者はいないか探した。

「あの武士は、どうだ」

佐久が、通りの先を指差して言った。

旗本であろうか。中間と若党をひとりずつ連れていた。下城時ではないらしい。裃ではなく、羽織袴姿で供もすくなかった。

「今度は、おれが訊いてみよう」

そう言うと、佐久はずかずかと武士に近付いていった。

「しばし、しばし」

佐久が武士に声をかけた。

武士は足をとめ、驚いたような顔をして佐久に目をむけた。巨軀の武士が、いきなり近寄ってきたからであろう。供の若党は、顔をこわばらせて身構えている。

佐久は武士に身を寄せ、言葉を交わしていたが、すぐに宗八郎たちのそばにもどってきた。

「おい、知れたぞ」

佐久が声を上げた。

「黒川の屋敷は、二町ほど先の左手だそうだ。屋敷の前に、太い松の木があるからそれを目印にするといいと言っていたぞ」

「行ってみよう」

宗八郎たちは、すぐにその場を離れた。

二町ほど歩くと、通り沿いに太い松の木があった。その松と道を隔てたむかいに、武家屋敷がある。旗本屋敷らしい。表門は片番所付の長屋門である。

「おい、この屋敷か」

佐久が不審そうな顔をした。

二百石ほどの小身の旗本屋敷だった。荒れた屋敷で、門につづく築地塀などはくずれかかっているところもあった。おそらく非役であろう。内証が苦しく、屋敷の手入れどころではないのかもしれないが、それにしても荒れ方がひどい。賭場になっているという話だったが、暮らしぶりも荒廃しているのであろう。

住人がいるのか、いないのか。ひっそりして、屋敷内から物音も人声も聞こえてこなかった。

「賭場のひらけそうな中間部屋など、ありそうもないぞ」

佐久が言った。

「そうだな」

宗八郎は、中間部屋でなく屋敷内で博奕がおこなわれていたのではないかと思った。

「どうしやす」

平次が訊いた。

「ともかく、近所でこの屋敷のことを聞いてみよう」

宗八郎が言うと、すぐに佐久がうなずいた。

宗八郎たちは、一刻（二時間）ほどしたら松の木のそばにもどることを約して、その場で分かれた。別々に聞き込むことにしたのである。

宗八郎は、話の聞けそうな者はいないか探しながら通りを歩いた。

一町ほど歩いたとき、旗本屋敷の長屋門のくぐりから、老齢の武士がひとり姿を見せた。隠居であろうか。袖無しと軽衫《カルサン》姿である。

老武士は通りへ出ると、宗八郎の方へ歩いてきた。

「しばし、お尋ねしたいことがござる」

宗八郎が声をかけた。

「わしかな」

老武士は足をとめ、訝《いぶか》しそうな目をむけた。

「この先に、黒川どののお屋敷がございますな」

宗八郎は、黒川の名を出した。

「あるが……」

「七、八年も前のことですが、それがし、黒川どのに世話になったことがございまして」

宗八郎は、適当な作り話を口にした。もっともらしい話をして、黒川のことを聞き出さねばならない。

「うむ……」

老武士は、渋い顔をした。

「久し振りで近所を通りましたもので、黒川どのにお会いしようと思い、屋敷の前まで行ったのですが、以前と様子がちがうような気がしまして……。何というか、屋敷が荒れているように思い、そのまま通り過ぎたのです」

「たしかに、黒川どのの屋敷は荒れておるな」

老武士が低い声で言った。

「黒川どのの身に、何かありましたか」

宗八郎が訊いた。

「そこもとは知らぬようだが、黒川どのは放蕩者《ほうとうもの》でな。ここ四、五年、家をあけることが多いようだ。三年前に妻女を亡くして、その後は、屋敷内にうろんな者たちが出入りするようになって……。なかで、何をしているのか」

老武士が嫌悪に顔をしかめた。

「すると、酒色に溺れたとか」

宗八郎が小声で訊いた。

「酒と女だけではないぞ。博奕にまで、手を出しているようなのだ」

老武士が、声をひそめて言った。

「まさか、博奕までは……」

宗八郎は、信じられないといった顔をした。

「嘘ではないぞ。……わしも、ならず者や徒牢人などが屋敷に出入りするのを見たことがあるからな」

「屋敷内で博奕を……。まさか、黒川どのにかぎって」

宗八郎は、驚きの色をあらわにして見せた。胸の内では、やはり屋敷内で博奕をしていたか、と思った。

「黒川どのの屋敷には、弥之助という中間がいたのですが、いまはいないでしょうね」

宗八郎は、弥之助のことも訊いてみた。

「さァ、中間までは知らんな」

老武士は、それだけ言うと、

「わしは、急いでいるのでな。これで失礼するぞ」

そう言い置いて、足早にその場から離れた。

宗八郎はもうすこし黒川のことを聞いてみようと思い、しばらく通りを歩きながら話の聞けそうな者を探したが、それらしい者は見当たらなかった。

宗八郎は諦めて黒川屋敷の松の木の前にもどると、佐久と平次の姿があった。

「歩きながら話すか」

そう言って、宗八郎は佐久たちと来た道を引き返した。今日のところは、このまま安田屋までもどるつもりだった。

「おれから話そう」

宗八郎は、老武士から聞き込んだことを一通り話し、

「やはり、黒川は屋敷内で賭場をひらいているようだぞ」

と、言い添えた。

「あっしも、同じようなことを耳にしやした。黒川が遊び人らしい男といっしょに屋敷から出てくるのを見た者がいるんでさァ。……その遊び人らしい男は、顔の浅黒い痩せた男だそうでしてね。安田屋の旦那から聞いた弥之助にまちげえねえ」

平次が言った。

「弥之助は、黒川屋敷に出入りしてるとみていいようだ」

宗八郎も徳兵衛から、弥之助は浅黒い顔をした痩せた男だと聞いていた。

「黒川と弥之助がつながっていたとすると、黒川がおさとどのを攫った三人のうちのひとりとみてもいいようだな」

佐久が言った。

「それで、佐久はどうだ。何か、知れたか」

宗八郎が佐久に顔をむけて訊いた。

「おれは、若いころ、黒川屋敷で奉公していたという中間と出会ってな。その男から話が聞けた」

佐久が声を大きくして言った。

「黒川の名は又十郎《またじゅうろう》。二百石の旗本だが、非役だそうだ。……それにな、道場の名は分からんが、若いころ剣術道場に通っていたそうだぞ」

「すると、黒川は剣の腕がたつな」

「そのようだ」

「やはり、黒川は三人の武士のなかのひとりだ」

宗八郎は確信した。三人の武士は、いずれも腕がたつ。剣術の修行を積んだ者たちなのだ。

5

「旦那、今日も無駄骨ですかね」

平次が両手を突き上げて伸びをした。

平次と宗八郎は、黒川屋敷の斜向《はすむ》かいにある笹藪の陰にいた。そこから、屋敷の表門を見張っていた。当初、ふたりは黒川屋敷の前の松の樹陰に身を隠して、見張っていたが、あまりに近く、屋敷に出入りする者の目にとまりそうなので、すこし離れた空き地のなかの笹藪の陰に変えたのである。

平次と宗八郎は、ふだんと身装《みなり》を変えていた。平次は紺の腰切半纏《こしきりばんてん》に黒股引《ももひき》で、手ぬぐいで頰っかむりしていた。左官か屋根葺《ふ》き職人といった恰好である。旅装の武士のように見せたのである。

宗八郎は小袖にたっつけ袴で草鞋履き、網代笠をかぶっていた。旅装の武士のように見せたのである。

ふたりが身を変えたのは、三人の武士に安田屋の者と知れて待ち伏せされないよう、用心したからである。

「黒川も弥之助も、姿を見せんな」

宗八郎はどちらか屋敷から出てきたら尾行するか、捕らえるかするつもりだった。何とか、おさとの監禁場所をつきとめたかったのである。

宗八郎と平次が、この場で黒川屋敷を見張るようになって三日目だった。まだ、黒川も弥之助も姿を見せなかった。

もっとも、宗八郎たちは、八ツ（午後二時）ごろから、陽が沈むころまでと決めていたので、そう長い時間見張ったわけではない。宗八郎たちがいないときに、黒川や弥之助が屋敷に出入りした可能性もあった。

すでに、陽は西の家並の向こうに沈みかけていた。七ツ半（午後五時）ごろであろう。

「旦那、明日出直しやすか」

平次がそう言ったとき、表門の脇のくぐりからだれか出てきた。

「ふたりだ！」

平次が声を殺して言った。

ふたりとも町人だった。遊び人ふうである。ひとりは小袖を裾高に尻っ端折りし、両脛をあらわにしていた。浅黒い顔をした痩せた男である。

「弥之助だ！」

平次が言った。浅黒い顔をした男を弥之助とみたようだ。

もうひとりの男は、ずんぐりしていた。小袖を尻っ端折りし、黒の股引を穿いていた。職人ふうの男である。

ふたりは何やら話しながら、中山道の方に歩いていく。

「尾けるぞ」

宗八郎と平次は、笹藪の陰から通りに出た。

ら歩いていく。


弥之助たちは中山道に出ると、聖堂の方に足をむけた。ふたりで、何やら話しなが
宗八郎と平次は、半町ほど間をとってふたりの跡を尾けた。

尾行は楽だった。中山道にはたくさんの人が行き交っていて、背後を歩いていても尾行と気付かれる恐れはなかった。

弥之助たちは聖堂の裏手を通り、神田明神社の杜《もり》を左手に見ながら東にむかって歩いていく。

「やつら、まがった」

平次が声を上げた。

弥之助たちは、明神下の通りを左手におれたのだ。

宗八郎と平次は、小走りになって明神下の通りに出た。弥之助たちは、明神下の通りを北にむかって歩いていく。

弥之助たちは、しばらく明神下の通りを歩いた後、右手の路地に入った。そこは、金沢町《かなざわちょう》である。

金沢町の町筋に入ってすぐ、弥之助はずんぐりした男と別れた。ひとりになった弥之助は通りをそのまま歩き、ずんぐりした男は左手の細い路地に入った。

「旦那、あっしが弥之助を尾けやしょう」

平次が目をひからせて言った。

「おれは、もうひとりを尾けてみる」

弥之助は平次にまかせよう、と宗八郎は思った。尾行は、宗八郎より平次の方が巧みである。

宗八郎はひとりで左手の路地に入った。そこは路地裏で、小体な店や仕舞屋《しもたや》などが並んでいた。人影は多く、仕事を終えたぼてふり、出職の職人、長屋の女房、遊びから帰る子供たちなどが、通り過ぎていく。

陽が沈み、西の空は夕焼けに染まっていた。まだ上空は明るかったが、路地沿いの店の軒下や板塀の陰などには淡い夕闇が忍び寄っている。雀色時《すずめいろどき》と呼ばれるころである。

ずんぐりした男は、下駄屋の脇にあった路地木戸の前に足をむけた。そのとき、木戸をくぐって出てきた女房らしい女と鉢合わせになり、何やら声をかけてから木戸のなかに入った。女は長屋の住人らしい。

宗八郎は、この女に男のことを聞いてみようと思い、小走りに後を追い、

「お女中、しばし」

と、背後から声をかけた。

女は足をとめて振り返り、

「あたしのこと」

と言って、戸惑うような顔をした。お女中、などと呼ばれたことはなかったのだろう。女は四十がらみだろうか。太り肉で、浅黒い肌をしていた。目が丸く、狸《たぬき》のような顔をしている。夕餉の惣菜でも買いに行くのであろうか。丼を手にしていた。

「お女中は、そこの長屋の者かな」

宗八郎が路地木戸を指差して訊いた。

「そうですよ」

女は丁寧な物言いをした。照れたような笑みを浮かべている。

「いま、木戸のところで鉢合わせした男がいるな。あの男、わしの知り合いの屋敷で中間をしていたような気がするのだが、名は何といったかな」

宗八郎は、男のことを聞くためにそう切り出したのである。

「藤吉《とうきち》ですよ」

女の顔から笑みが消えた。藤吉のことを、よく思っていないのかもしれない。

「中間をしていなかったか」

かまわず、宗八郎は訊いた。

「してましたよ」

「湯島の黒川さまのお屋敷ではないかな」

「お名前は知りませんが、湯島にあるお屋敷だと聞いたことがあります」

「やはりそうか」

藤吉は、黒川の屋敷で中間をしていたことがあるようだ。藤吉に訊いても、黒川のことは知れるだろう、と宗八郎は思った。

「藤吉には、連れ合いがいるのかな」

「独り暮らしですよ」

女の顔に、警戒の色が浮いた。宗八郎が色々訊くので不審に思ったのかもしれない。

「いや、手間を取らせた。……顔に見覚えがあったのでな。訊いてみただけだ」

宗八郎は、すぐにその場を離れた。これ以上、女に訊くこともなかったのである。

その日、宗八郎は安田屋に帰ると、五ツ（午後八時）ちかくまで平次を待ったが、姿をみせなかった。

翌朝、宗八郎がおよしが用意してくれた朝餉を終えて茶を飲んでいると、平次が姿をあらわした。

宗八郎は、平次が帳場に腰を落ち着けるのを待って、

「昨日はどうした、平次」

と、訊いた。

「旦那、弥之助の塒《ねぐら》が知れやしたぜ」

平次が身を乗り出すようにして言った。

「どこだ」

「須田町でさァ」

須田町は神田川にかかる昌平橋を渡った先で、中山道沿いにひろがっている。

「甚平衛店《じんべえだな》に、女房とふたりで住んでいやす」

平次が言い添えた。

「そうか。おれも、もうひとりの居所をつかんだぞ」

宗八郎が、男の名と金沢町の長屋に独りで住んでいることを話した。

「どうしやす」

平次が訊いた。

「弥之助を捕らえよう。藤吉は後でいい」

藤吉は、おさとを攫った一味の仲間かどうか分からなかった。藤吉は賭場で弥之助と知り合っただけかもしれない。そうであれば、藤吉を訊問しても何も知れないだろう。

弥之助を訊問し、藤吉が一味の仲間かどうか知れてから話を聞けばいい、と宗八郎は思ったのだ。

「いつ、やりやす」

「早い方がいい。明日だな」

宗八郎は、佐久の手も借りようと思った。

6

安田屋の腰高障子があいて、徳兵衛が顔を見せ、

「駕籠が来ましたよ」

と、宗八郎に声をかけた。

安田屋の帳場には、宗八郎と佐久がいた。ふたりは、駕籠辰に駕籠を呼びにいった

徳兵衛がもどってくるのを待っていたのである。

宗八郎が、平次から弥之助の塒が知れたと聞いた翌日だった。宗八郎と佐久は、須田町の甚兵衛店にいる弥之助を捕らえにいくつもりだった。

宗八郎たちは、暗くなってから弥之助を捕らえるつもりだったが、それでも須田町から安田屋まで連れて来るのには、賑やかな町筋を通らねばならない。弥之助を縄で縛って連れてくれば、人目につくだろう。宗八郎たちは、弥之助を連行してくるところを人目に晒《さら》したくなかったので、駕籠を使うことにしたのである。

「行くぞ」

宗八郎は、傍らに置いてあった刀を手にして立った。

すぐに、佐久も立ち上がり、宗八郎につづいて戸口から出た。

戸口に駕籠があり、駕籠舁きがふたり立っていた。ふたりとも、いかにも強力そうながっちりした体付きをしていた。

「助八《すけはち》と梅助《うめすけ》ですよ」

徳兵衛が、ふたりの名を口にした。

宗八郎は、先棒を担ぐ助八を知っていた。助八の担ぐ駕籠に乗ったことがあったのである。後棒の眉の濃い男が、梅助らしい。初めて見る顔だった。

「頼むぞ」

宗八郎がふたりに声をかけた。

「まかせてくだせえ」

助八が言うと、梅助もうなずいた。どうやら、ふたりとも何をするか、知っているらしい。徳兵衛がふたりに余分の酒代《さかて》でも渡し、うまく話してくれたのだろう。

宗八郎と佐久は、神田川沿いの通りを湯島の方へむかった。助八たちは、空駕籠を担いで後ろからついてくる。

宗八郎たちは昌平橋を渡り、八ツ小路に出ると中山道を日本橋《にほんばし》の方へ足をむけた。いっとき歩くと、

「田島屋《たじまや》の脇の路地だ」

そう言って、宗八郎が先に立った。

宗八郎は、平次から甚兵衛店がどこにあるか聞いていた。田島屋の脇の路地を入った先だという。田島屋は江戸でも名の知れた太物問屋《ふともの》で、佐久も助八たちも知っていた。その路地を三町ほど入ると、細い路地裏と突き当たった。四辻《よつつじ》になっている。

「ここだな」

宗八郎は、路地裏を右手におれた。

路地裏に入っていっとき歩くと、平次が待っていた。平次は午前中から先に来て、甚兵衛店にいる弥之助を見張っていたのである。

「弥之助はいるか」

すぐに、宗八郎が平次に訊いた。

「いやす」

「女房は？」

「いっしょにいるはずでさァ」

平次によると、五ツ半（午前九時）ごろ長屋に来たとき、弥之助は家にいなかったが、八ツ半（午後三時）には、長屋に帰ってきたという。

「踏み込みやすか」

平次が意気込んで訊いた。

「まだ、すこし早いな」

宗八郎は西の空に目をやった。

陽は西の家並のむこうに沈みかけていたが、まだ路地には淡い陽の色があった。路地にはぽつぽつ人影があり、近くの店もひらいている。

「長屋の様子を見てみるか」

宗八郎は助八と梅助に路傍で待つように話し、佐久とともに平次につづいて甚兵衛店に足をむけた。その場から、長屋の路地木戸は一町ほど先にあった。

路地木戸をくぐると、棟割り長屋が南北に三棟並んでいた。平次によると、弥之助の家は北の棟の端にあるという。

宗八郎たちは北の棟の角まで行って、弥之助の家と周辺に目を配った。

「変わった様子はないな」

長屋のあちこちから、話し声や子供の泣き声、腰高障子をあけしめする音などが聞こえた。弥之助の家の腰高障子はしまっていたが、かすかに男と女の声が聞こえた。弥之助と女房が話しているらしい。

「もどるぞ」

宗八郎たちは、その場を離れた。

石町の暮れ六ツ（午後六時）の鐘の音を聞いてから、宗八郎たちはあらためて甚兵衛店の路地木戸をくぐった。

助八と梅助は、路地木戸の脇に残った。ふたりは、駕籠とともに路地木戸の脇で待つことになっていたのである。

宗八郎たちは、弥之助の家の戸口に忍び足で近付いた。腰高障子の破れ目からかすかに灯が洩《も》れている。

家のなかから、男と女のくぐもった声が聞こえてきた。

「弥之助と、おきよという女房でさァ」

平次が小声で言った。

「踏み込むぞ」

宗八郎が声を殺して言い、腰高障子をあけた。

宗八郎につづいて、佐久と平次が踏み込んだ。土間の先の座敷に、男と女が腰を下ろしていた。男の膝先に食膳がある。弥之助は、夕めしを食っていたようだ。

「て、てめえたちは！」

弥之助が、ひき攣《つ》ったような顔をして立ち上がった。茶碗と箸を手にしたままである。

おきよは、凍りついたように身を硬くし、踏み込んできた宗八郎たちを見つめている。

「弥之助、話がある」

宗八郎が座敷に上がろうとすると、

「ここは、おれにまかせろ」

言いざま、佐久が座敷に踏み込んだ。

「野郎！」

弥之助が、手にした茶碗をいきなり佐久にむかって投げ付けた。

咄嗟に、佐久は身をかわそうとしたが間にあわず、茶碗が佐久の太股辺りに当たり、めしが足元に散らばった。

「じたばたするな！」

佐久は弥之助の前に踏み込み、太い腕を伸ばして弥之助の両肩をむずとつかんだ。万力のような強力である。

「何をしやがる！」

弥之助は佐久の腕を振り払って逃げようとしたが、どうにもならなかった。

佐久が巨体で上からのしかかるようにすると、弥之助はその場に尻餅をついた。

「縄をかけろ」

佐久が平次に声をかけた。

「へい」

すぐに、平次は懐から細引を取り出し、弥之助の両腕を後ろにとって縛り上げた。

岡っ引きの手先をしていただけあって、早縄をかけるのも巧みである。

平次が縄をかけ終わると、宗八郎が猿轡《さるぐつわ》をかました。騒ぎたてられると面倒なので、用意してきたのである。

宗八郎は、座敷の隅にへたり込んで顫《ふる》えているおきよに、

「おれたちは、黒川屋敷の者だ。……しばらくすれば、弥之助は帰す。おとなしく待っていろ」

と、声をかけた。

宗八郎は、黒川にかかわりのある者が、弥之助を連れていったようにみせるためにそう言った。いずれ分かるだろうが、しばらく時間を稼げるだろう。

宗八郎たちは弥之助を長屋から連れ出すと、駕籠に乗せて安田屋まで連れていった。

7

安田屋の二階の隅に納戸があった。宗八郎たちは、納戸に弥之助を連れ込んだ。納戸は駆込み宿に逃げてきた者を一時隠しておくために使われたり、弥之助のように捕

らえた者をひそかに訊問したりするときにも使われる。

納戸の隅に燭台が置かれ、四人の男の顔を照らし出していた。宗八郎、佐久、平次、それに捕らえてきた弥之助である。

徳兵衛は、この場にいなかった。店はしめてだいぶ経つので、徳兵衛は女房のおよしや娘のおゆきと二階の居間でくつろいでいるはずである。

宗八郎は弥之助を見すえ、

「弥之助、訊きたいことがある。……大声で騒ぎたてれば、この場で息の根をとめるぞ」

と、低い声で言った。

宗八郎の顔が、燭台の火に照らされて闇のなかに浮かび上がっている。その顔が、豹変していた。顔は爛《ただ》れたように赤みを帯び、双眸が熾火《おきび》のようにひかっている。刹《せっ》鬼《き》を思わせるように凄みがある。

猿轡をかまされた弥之助は、こわ張った顔で恐怖に身を顫わせていた。

「猿轡をとってやれ」

宗八郎が言うと、すぐに平次が弥之助の猿轡をとった。

「お、おれは、何もしてねえ……」

弥之助が声を震わせて言った。

「何もしてないなら、隠すことはないな」

「……！」

弥之助は息を呑んだ。

「黒川屋敷に、何をしに行った」

宗八郎が訊いた。

「お、おれは、黒川屋敷など知らねえ。行ったこともねえ」

「おまえが、藤吉と黒川屋敷に行ったことは分かっている。白《しら》を切るなら、藤吉をここに連れてきてもいいぞ」

宗八郎は藤吉の名を出し、行ったな、と語気を強くして訊いた。

「へ、へい……」

弥之助は首をすくめて答えた。

「博奕か」

「ただ、挨拶にいっただけで……」

「弥之助、おれたちは黒川屋敷でおまえたちが何をしているか、承知の上で訊いているのだぞ。それにな、おれたちは町方ではない。おまえたちが、博奕を打とうと知ったことではないのだ」

「……ちょいと、手慰みを」

弥之助が口許に薄笑いを浮かべて言った。手慰みとは、博奕のことである。

「そうか。……ところで、おまえはこの店に長助が匿われているか、確かめに来たな」

宗八郎は矛先を変えた。低い声だが、有無を言わせぬ強いひびきがある。

「……！」

弥之助の顔がこわ張った。宗八郎にむけられた目に、怯えの色が浮いている。

「……た、頼まれたんでさァ」

弥之助が小声で言った。顔から血の気が引き、体が顫えている。

「だれに頼まれた！」

宗八郎が鋭い声で訊いた。

いっとき、弥之助は視線を膝先に落とし、身を顫わせていたが、

「……黒川さまで」

と、つぶやくような声で言った。

「やはり、黒川か。……黒川といっしょに長助の母親のおさとどのを連れ去った者

が、ふたりいるな。ふたりとも、武士だ」

「黒川の旦那から聞いたことがありやす」

弥之助は顔を伏せたまま言った。隠す気は、失せたらしい。

「ふたりの名は?」

「永田泉兵衛《ながたせんべえ》さまと、倉方与五郎《くらかたよごろう》さまで」

弥之助によると、大柄な武士が永田で、倉方はずんぐりした体軀だという。

「永田は旗本か」

「し、知らねえ。あっしは、黒川さまと歩いているのを見たことがあるだけで、永田さまのご身分までは聞いてねえんでさァ」

弥之助が顔を上げて言った。

「倉方は?」

「倉方さまのご身分も知らねえ……」

「黒川は、永田たちとどういうつながりなのだ。何か聞いてるはずだぞ」

「黒川さまは、永田さまの道場に通ってたことがあると言ってやした」

「なに、永田の道場だと!」

思わず、宗八郎が声を上げた。そう言えば、黒川が若いころ剣術道場に通っていたという話を佐久から聞いていた。黒川は、永田の道場に通っていたらしい。

「佐久、永田の道場はどこにあるか聞いているか」

宗八郎が佐久に顔をむけて言った。

「いや、聞いてない。おれが話を聞いた中間は、道場がどこにあるかまでは知らなかった」

「いずれにしろ、剣術道場ならすぐに分かるだろう」

宗八郎は、一刀流の中西道場の兄弟子だった若林源之助《わかばやしげんのすけ》に訊いてみようと思った。若林は、すでに老齢で剣の道から遠ざかっていたが、長く中西道場に通い、江戸の剣壇のことに明るかった。若林に訊けば、永田道場のことは分かるはずである。

「ところで、攫ったおさとどのは、どこに監禁されている」

宗八郎が声をあらためて訊いた。

いま、宗八郎たちがもっとも知りたいことだった。佐久と平次の目も、弥之助にむけられている。

「し、知らねえ。嘘じゃァねえ。黒川の旦那は、あっしに長助の母親を攫ったことは話しやしたが、どこにいるかは口にしなかったんでさァ」

弥之助がむきになって言った。

「黒川屋敷ではないのか」

「黒川さまのお屋敷には、いねえ。……藤吉にも訊いてみやしたが、屋敷にはいねえと言ってやした」

弥之助によると、藤吉は三月ほど前まで黒川屋敷に奉公していたので、屋敷内のことはよく知っているという。

「おさとどのは、別の場所に監禁されているようだな」

宗八郎は永田道場を探し出し、永田たち三人の居所をつかめば、おさとの監禁場所も知れるだろうと思った。

宗八郎たちの訊問が一通り終わると、

「あっしを帰《けえ》してくだせえ。……黒川の旦那たちとは、手を切りやす」

弥之助が、訴えるように言った。

「そうはいかぬ。おさとを助け出し、永田たち三人を始末するまでは、おまえはここに閉じ込めておくからな。……いま、しゃべったことが虚言と知れたら、即刻、首を落とすぞ。いいな」

宗八郎が語気を強くして言うと、

「う、嘘じゃァねえ」

弥之助が首をすくめて言った。

第四章　古道場《ふるどうじょう》

1

宗八郎は、御徒町《おかちまち》の武家屋敷のつづく通りを歩いていた。通り沿いには、小身の旗本や御家人の屋敷が多かった。

陽は頭上にあった。四ツ（午前十時）を過ぎているかもしれない。宗八郎は、若林源之助の屋敷を探していた。中西道場に通っていたころに何度か若林家を訪ねていたが、ここ二十年ほど屋敷に来たことはなかった。若林も隠居し、嫡男が家を継いでいるはずである。

「この屋敷だったな」

宗八郎は、見覚えのある木戸門の前で足をとめた。

若林家は、百俵ほどの御家人のはずだった。若林から家を継いだ嫡男は、御小普請《おこぶしん》方《かた》だと聞いている。

木戸門に身を寄せると、なかで話し声が聞こえた。男のしゃがれ声と女の声だった。しゃがれ声の主は、若林かもしれない。

宗八郎は木戸門のくぐり戸をたたき、

「お頼みもうす」

と、声をかけた。

すると、門のむこうで、「だれか、来たようだぞ」というしゃがれ声が聞こえ、足音が近付いてきた。

「どなたかな」

くぐり戸のむこうで、しゃがれ声が聞こえた。若林らしい。しゃがれていたが、聞き覚えのある声だった。

「若林どのでござろうか。中西道場で世話になった塚原宗八郎にございます」

宗八郎が声を大きくして言った。

「おお、塚原か」

若林の声が聞こえ、すぐに、くぐり戸があいた。

顔を出したのは、若林だった。ずいぶん老けている。鬢や鬚は白髪で、眉毛まで白かった。

「久し振りだな。……入ってくれ」

若林は顔をほころばせて言った。

小袖に軽衫姿で、下駄を履いていた。手に、使い込んだ木刀を提げている。顔は老けていたが矍鑠《かくしゃく》とし、胸は厚く腰はどっしりとしていた。剣の修行で鍛えた体は、まだ衰えていないようだ。

「お邪魔ではないですか」

「邪魔なものか。……暇を持て余していてな。久し振りで、木刀でも振ってみようかと思っていたところだ」

若林は宗八郎をくぐり戸から入れると、母屋の戸口に連れていこうとした。手に木刀を持ったままである。

「いい日和です。どうですか。縁先でお話ししませんか」

若林は、木刀の素振りをするつもりで、庭に出てきたところではないか、と宗八郎はみたのだ。

「そうだな、縁先がいいな」

若林は、宗八郎を縁先に連れていくと、

「おい、静江《しずえ》」

と、縁側の奥にむかって声をかけた。

すぐに、畳を踏む音がし、縁側の奥の障子があいて三十がらみと思われる女が姿を見せた。武家の妻女らしい身装である。

「茶を淹れてくれんか。中西道場で同門だった塚原どのだ」

若林がそう言うと、女は、

「ようおいでくださいました。……静江でございます」

と言って、宗八郎に頭を下げた。そして、「ごゆっくりなさってください」と言い残して下がった。茶を淹れにいったらしい。

「倅《せがれ》の嫁だ」

若林は笑みを浮かべた後、

「して、何用かな」

と、声をひそめて訊いた。若林は、宗八郎が大事な用件があって訪ねてきたと思ったようだ。

「実は、それがしの知り合いの方の妻女が、何者かに攫《さら》われたらしいのです。……何とか助け出してくれ、と頼まれ、探っておりました」

「それで」

若林は興味を持ったらしく、身を乗り出してきた。

「だいぶ、様子が知れてきまして、攫ったのは三人の武士であることが分かりました」

「武士とな」

若林が聞き返した。

「はい、三人の名も知れました。黒川又十郎、永田泉兵衛、倉方与五郎です」

宗八郎は、三人の名を口にした。

「三人とも聞いた覚えのない名だが、牢人か」

「いえ、黒川は旗本です。永田と倉方は、はっきりしませんが牢人ではないようです」

「そのような者が、なにゆえ妻女を攫ったのだ」

若林が訊いた。

「なぜ、攫ったかは分かりません。……その三人のことで、若林どのにお聞きしたいことがあって参ったのです。実は、三人とも剣の遣い手で、永田は剣術の道場をひらいていたらしいのです」

「なに、剣術道場をひらいていただと！」

若林が驚いたような顔をした。

「永田道場のことを耳にされたことは、ありませんか」

「永田道場な……」

若林は記憶をたどるようにしばらく虚空に視線をとめていたが、

「あるぞ！　……神田の三島町《みしまちょう》に、永田という男の道場があると耳にした覚えがある。たしか、神道無念流《しんとうむねんりゅう》と聞いたぞ。永田は、練兵館《れんぺいかん》で修行したはずだ」

と、声を大きくして言った。

神道無念流をひらいたのは、福井兵右衛門《ふくいへいえもん》である。福井は江戸に道場をひらき、その後継者の戸賀崎熊太郎《とがさきくまたろう》、岡田十松《おかだじゅうまつ》などの名人が神道無念流の名を上げた。なかでも、神道無念流の名声を高めたのは、斎藤弥九郎《さいとうやくろう》である。

斎藤は九段坂《くだんざか》下に練兵館をひらき、鏡新明智流《きょうしんめいちりゅう》、桃井春蔵《もものいしゅんぞう》の士学館《しがくかん》、北辰一刀流《ほくしんいっとうりゅう》の千葉周作《ちばしゅうさく》の玄武館《げんぶかん》などと並び、江戸の三大道場と謳われるほどの隆盛をみせていた。

若林によると、永田は練兵館で修行した後、独立して神田三島町に町道場をひらいたのではないかという。

「いまも、その道場はあるのですか」

宗八郎が訊いた。

「いや、ずいぶん前に道場はつぶれたはずだ。……四、五年は経つのではないかな」

「四、五年も前に……」

三島町を探しても、永田はいないかもしれない、と宗八郎は思った。

そのとき、障子があいて、静江が湯飲みを盆に載せて運んできた。宗八郎と若林は話をやめ、静江が茶を置いてその場を去るのを待った。

宗八郎は茶で喉を潤した後、

「永田は、いまも三島町にいるのですか」

と、訊いてみた。

「分からん。……道場は残っているかもしれんがな」

若林が言った。

宗八郎は念のために倉方たちのことも訊いてみたが、若林は知らなかった。

それから、宗八郎は若林としばらく江戸の剣壇の話をして腰を上げた。

「塚原、そのうち、手合わせしてみんか」

若林が、笑みを浮かべて言った。

「ぜひ、一手ご指南を――」

そう言い残し、宗八郎は縁先から離れた。

2

翌日、宗八郎は、佐久とふたりで三島町にむかった。平次でなく、佐久といっしょに行くことにしたのは、永田道場のことを探るからである。佐久も、神道無念流のことはよく知っていたのだ。

宗八郎は、三島町へむかう道すがら若林から聞いたことを佐久に話した。

「それにしても、道場主だった男が、なにゆえおさとどのを攫ったのであろうな」

若林が首をかしげた。

「分からんな」

「身の代金を取ろうとしている様子もないしな」

「やはり、近藤家の世継ぎのかかわりだと思うが……」

宗八郎は、近藤家に投げ込まれていたというおさとの名で書かれた文が気になっていた。文には、「近藤とは会えない。おさとと長助のことは、忘れてほしい」との内容が記されていたそうである。

……おさとどのは、攫った男たちのだれかと関係があったのではあるまいか。

そんなはずはない、と宗八郎はすぐに否定した。

今度のことが、近藤との関係を断ち切ろうとしたおさとの狂言だったとすれば、おさとは長助を捨てたことになる。

もしそうなら、長助に五両もの大金を持たせて、駆込み宿に行くように話すはずはないのだ。

……投文にも、裏があるのだ。

と、宗八郎は思った。

宗八郎と佐久は、そんなやり取りをしながら神田川にかかる和泉橋を渡り、神田の町筋を通って三島町に入った。

「探すより聞いた方が早いな」

宗八郎たちは、剣術道場を知っていそうな武士に話を聞いてみようと思った。

通りに目をやりながら歩いていると、前方から歩いてくるふたり連れの武士が目にとまった。ふたりとも、二十代半ばであろうか。羽織袴姿で二刀を帯びていた。御家人か、江戸勤番の藩士といった恰好である。

「しばし、しばし」

宗八郎が、ふたりの武士に声をかけた。

「お訊きしたいことがござる」

「何でしょう」

ふたりの武士は足をとめた。

「この辺りに、剣術道場があると聞いてまいったのですが」

宗八郎は、永田の名を出さなかった。まず、剣術道場があるかどうか訊こうと思ったのである。

「おい、知っているか」

ほっそりした男が、もうひとりの丸顔の男に訊いた。

「何年か前にあったと、聞いた覚えがあるが……」

丸顔の男が首をひねった。はっきりしないらしい。

「その道場は、どの辺りかな」

宗八郎が訊いた。

「たしか、松田町《まつだちょう》の近くだったような気がしますが、何年も前のことなので、はっきりしません」

松田町は、三島町に隣接している。すこし歩けば、町境に出られる。

「お手間をとらせた。松田町近くで訊いてみましょう」

宗八郎はふたりの武士に礼を言い、佐久とともにその場を離れた。

松田町近くの通りに行き、通りかかった者に、この近くに剣術の道場はなかったか
訊くと、中間を連れた年配の武士が、

「ありましたよ。たしか、永田道場だったと思いますが」

と、口にした。

「その道場は、いまもありますか」

すぐに、宗八郎が訊いた。

「道場はありますよ。いまは閉じたままで、稽古をしている様子はありませんが」

「どこです」

「この道を二町ほど行くと、右手に春米屋《つきごめや》があります。その前ですが」

「かたじけない」

ふたりが年配の武士に教えられたとおり二町ほど歩くと、佐久が路傍に足をとめ、

「あれではないか」

と言って、指差した。

付近では目を引く大きな造りの家で、側面が板壁になっていた。武者窓もある。商家だった建物を道場ふうに改装したのかもしれない。

古い建物で、だいぶ傷んでいた。板壁の一部が剝《は》がれ、庇《ひさし》が朽ちて垂れ下がっている。

「まちがいない、あれだ」

通りを隔てた前に、春米屋もあった。

宗八郎たちは、道場に近付いてみた。戸口の板戸がしまっていた。道場のなかから気合や竹刀《しない》の音はしなかった。そればかりか、人声も物音も聞こえてこない。

「だれもいないようだ」

宗八郎が小声で言った。

「米屋で訊いてみるか」

「そうしよう」

ふたりは、春米屋を覗いてみた。

唐臼《からうす》の脇で、店の親爺が米俵をあけているところだった。玄米を搗《つ》こうとしているようだ。

宗八郎と佐久は店に入り、

「ちと、訊きたいことがある」

と、宗八郎が親爺に声をかけた。

「へ、へい……」

親爺は不安そうな顔をして、宗八郎たちを見た。いきなり、武士がふたり入ってきたからであろう。しかも、ひとりは熊のような大男である。

「前に、剣術の道場があるようだな」

「へい」

「永田どのの道場か」

「そうでさァ」

「いまは、とじているようだが」

「五年ほど前《めえ》に、道場はつぶれやした」

親爺が、小声で言った。

「どうして、つぶれたのだ」

「門弟が、やめちまったんでさァ」

親爺によると、永田の稽古が荒く、怪我をする門弟が多かったという。それに、師範代や兄弟子のなかには酔って稽古をつけたり、弟子に金品を強要する者などもいて、ひとりやめふたりやめして、稽古に通ってくる門弟たちがいなくなってしまったそうだ。

「それで、永田どのは、いまどこにいるのだ」

宗八郎は、永田の居所が知りたかった。

「道場にいますよ」

親爺が言った。

「道場に住んでいるのか」

「道場の裏手に、家がありやしてね。そこに、ご新造さんと暮らしてまさァ」

親爺が、新造の名はお峰《みね》だと言い添えた。

「ふたりで暮らしているのか」

「住んでいるのは、ふたりですがね。むかし、門弟だった方がよく泊まっていくようですよ」

親爺はそう言うと、肩先に付いている糠《ぬか》をたたいて落とした。仕事にかかりたいような素振りである。

「邪魔したな」

宗八郎と佐久は、春米屋から出た。

みた。

「おさとどのは、この道場に監禁されているのではあるまいな」

人目に触れず監禁しておくには、いい場所かもしれない、と宗八郎は思った。

宗八郎と佐久は、念のために道場の戸口に身を寄せて板戸の隙間からなかを覗いてみた。

「ここではないな」

宗八郎が言った。

道場内も荒れていた。根太《ねだ》が落ち、床板が所々剝がれていた。それに、埃《ほこり》が積もって床板が白っぽくなっている。一目で、ちかごろ人の出入りはないと知れた。

「裏手の母屋の方にまわってみるか」

「そうだな」

ふたりは、足音を忍ばせて道場の脇から裏手にまわった。

道場からすこし離れた場所に、八手《やつで》が大きな葉を茂らせていた。八手の陰に身を隠し、道場の裏手に目をやると、母屋らしい家屋が見えた。

母屋といっても、ちいさな家だった。座敷が二間に台所があるだけかもしれない。

「だれかいるようだな」

家の戸口で、物音がした。

引き戸があいて姿を見せたのは、年配の女だった。粗末な衣装だが、武家の妻らしい雰囲気があった。永田の妻のお峰であろう。

女は、笊《ざる》のような物を持って母屋の脇へまわった。野菜の切り屑でも捨てに来たのかもしれない。

「永田はいないようだ」

宗八郎が小声で言った。家のなかから物音はまったく聞こえなかった。女の他には、だれもいないらしい。

「おさとどのは、ここかな」

佐久が、つぶやくような声で言った。

「ここではないな」

家のなかに、おさとを監禁していれば、女が戸口から出てきたとき、警戒するような素振りを見せるはずである。

宗八郎と佐久はその場から離れ、道場の前の通りにもどった。

「しばらく、この家を見張ってみよう」

宗八郎は、永田があらわれたら跡を尾けてみるつもりだった。何としても、おさとの監禁場所を摑み、助け出したかったのだ。

3

「旦那、やつだ！」

平次が声を殺して言った。

宗八郎と平次は、道場の脇の八手の陰に身を隠していた。

宗八郎が、佐久とふたりで母屋の様子を探った翌日だった。今日は、宗八郎と平次とでこの場に来て、母屋に目をやっていたのだ。

ふたりがここに来て、半刻（一時間）ほどしたとき、大柄な武士が道場の脇から姿をあらわした。

永田である。宗八郎は、その大柄な体軀を見てすぐに永田と分かった。神田川沿いの道で襲われたとき、切っ先を合わせていたからである。平次も神田川端で、永田を見ていたのですぐに分かったようだ。

永田は、道場の脇を通って母屋の戸口にむかっていく。

「家に帰ってきたようだ」

宗八郎が、永田の背に目をやりながら言った。永田は、慣れた様子で引き戸をあけて家に入っていく。

家のなかから、かすかに男と女の声が聞こえた。永田とお峰が話しているようだが、話の内容までは聞き取れなかった。

「旦那、どうしやす」

平次が訊いた。

「しばらく様子を見よう。……永田は、また出かけるかもしれん」

まだ、八ツ（午後二時）ごろだった。出かける時間は十分にある。

宗八郎の読みは当たった。永田が家に帰って一刻（二時間）ほどしたとき、戸口の引き戸があいて永田が姿を見せた。

永田は見送りに出たお峰に何やら声をかけ、戸口から離れると、道場の脇を通って表の通りにむかった。

「尾けるぞ」

「へい」

宗八郎と平次は、八手の陰から出た。

ふたりは、黒川屋敷を見張っていたときと同じ身装をしていた。平次は紺の腰切半纏に黒股引姿で、手ぬぐいで頬っかむりしている。宗八郎は小袖にたっつけ袴で、網代笠をかぶっていた。

宗八郎は、こうした尾行に慣れていた。影目付として安田屋に寝泊まりするようになってから、身装を変えて尾行することが多かったのだ。

永田は柳原通りに出ると、和泉橋を渡って外神田に出た。そして、そのまま神田川沿いの通りを東にむかっていく。

「やつは、どこへ行く気ですかね」

平次が訊いた。

「分からん」

宗八郎は見当もつかなかった。

永田は、浅草御門の前も通り過ぎて柳橋に入った。料理屋、料理茶屋などのつづく賑やかな通りをしばらく歩き、老舗《しにせ》らしい料理茶屋の前で足をとめた。

永田は料理茶屋の戸口で左右に目をやってから、格子戸をあけて店先の暖簾をくぐった。

宗八郎と平次は、通行人を装って料理茶屋の戸口に近付いてみた。戸口の掛け行灯《あんどん》に「浜崎屋《はまざきや》」と記してあった。

格子戸の脇につつじの植え込みと梅の木、それに籬《まがき》とちいさな石灯籠《いしどうろう》が配置してあった。老舗らしい落ち着いた雰囲気のある店である。

宗八郎たちは、浜崎屋の店先から半町ほど行ったところで足をとめた。

「永田が、ひとりで飲みに来たとは思えんな。……黒川や倉方が、いっしょかもしれんぞ」

宗八郎は、永田たちに陰で指図している者がいれば、その黒幕も姿をあらわすのではないかと思った。

「どうしやす」

平次が訊いた。

「店先を見張ってみよう」

ふたりは、浜崎屋の近くにもどった。付近に身を隠す場所はないか探すと、浜崎屋の斜向かいに店を閉めたらしい料理屋があった。ふたりは、その店の脇に身を隠した。

ふたりが身をひそめて間もなく、中背で痩身の武士が店先に姿をあらわした。

「旦那、黒川だ！」

平次が押し殺した声で言った。

宗八郎にも、黒川と分かった。これまでの聞き込みで体付きを聞いていたし、神田川沿いの道で襲われたとき、その姿を見ていたからである。

黒川は浜崎屋の戸口の前に立つと、周囲に目をやってから格子戸をあけてなかに入った。

「どうやら、黒川は永田とここで会うようだ」

宗八郎は、倉方も姿を見せるのではないかと思った。

それから、小半刻（三十分）ほど経ったが、倉方は姿を見せなかった。永田より先に、店に入ったのかもしれない。

辺りは、淡い夜陰につつまれていた。浜崎屋には、大店の旦那ふうの男や旗本らしい武士が何人も入ったが、宗八郎の見知った者はいなかった。

「こうなったら、永田たちが店から出てくるのを待つしかないな」

店に入るときは別でも、いっしょに出てくれば、永田がだれとこの店で会ったか分かるはずである。

さらに、半刻（一時間）ほど過ぎただろうか。店に入る者はほとんどなくなり、出る者ばかりになってきた。

そのとき、格子戸があいて、女将らしい年増が姿を見せた。その後ろから、何人かの武士がつづいて出てきた。

「永田だ！」

平次がうわずった声で言った。

女将の後から出てきた大柄な武士は、永田だった。永田の後に黒川、つづいて長身痩軀の壮年の武士が姿を見せた。初めて目にする男である。その男のすぐ後ろに、小柄でずんぐりした体軀の武士がいた。この男も、神田川沿いの道で宗八郎たちを襲ったひとりだった。倉方ということになる。

四人の武士は女将から提灯を勧められたが断り、そのまま通りに出た。いい月夜だったので、提灯はなくとも歩けると思ったようだ。

四人は、浅草御門の方にむかって歩きだした。

「尾けるぞ」

宗八郎と平次は、店の脇から通りに出た。

前を行く四人は、何やら話しながら夜陰のなかを歩いていく。その姿が月光に照らされて浮かび上がったように見えた。

四人は神田川沿いの道を湯島方面にむかって歩き、和泉橋のたもとまで来ると、二手に分かれた。

永田ひとりが和泉橋を渡り、黒川と倉方、それに壮年の武士はそのまま川沿いの道を歩いていく。

「旦那、あっしが永田を尾けやしょうか」

平次が言った。

「いい、永田の家は分かっている。倉方ともうひとりの武士の行き先を、つきとめるのだ」

黒川の屋敷は湯島と分かっていた。まだ、住処《すみか》の知れないのは、倉方と壮年の武士である。それに、壮年の武士は名も身分も分かっていなかった。

4

「やつら、分かれやしたぜ」

平次が声をひそめて言った。

和泉橋からいっとき歩いたとき、倉方と壮年の武士が、右手の路地に入った。黒川はそのまま神田川沿いの道を歩いていく。

「倉方たちの跡を尾けよう」

宗八郎が言った。

黒川は、湯島にある自分の屋敷に帰るだけだろう。

宗八郎と平次は小走りに、倉方たちのまがった路地にむかった。路地まで来ると、倉方と壮年の武士の姿が、淡い月光のなかに黒く浮かび上がったように見えた。ふたりは、町家のつづく路地を何やら親しげに話しながら歩いていく。

いっとき歩くと、武家地に出た。その辺りは下谷で、通り沿いには小身の旗本や御家人などの武家屋敷が並んでいた。

武家屋敷のつづく通りをしばらく歩き、ふたりは木戸門のある屋敷の前で足をとめた。八十石ほどの御家人の屋敷であろうか。ふたりは言葉を交わした後、倉方が木戸門の脇のくぐりからなかへ入った。

壮年の武士は、そのまま先へ歩いていく。

「倉方の屋敷は、あそこだ」

宗八郎と平次は倉方の屋敷の前を通るとき、両隣の屋敷に目をやった。そして、右手の屋敷の松が板塀の上から枝を張り出しているのを目にとめてから、壮年の武士の跡を尾けた。松を目印にしてくれれば、倉方の屋敷はすぐに知れるだろう。

壮年の武士は、倉方の家から二町ほど離れたところにある屋敷に入った。こちらも木戸門だが、百石ほどの御家人かもしれない。

「これで、ふたりの屋敷が知れたな」

宗八郎が言った。

「どうしやす」

「今夜は、これまでだ。明日、ここに来て近所で聞いてみよう」

宗八郎は、壮年の武士が何者か知りたかった。永田たち三人の黒幕かも知れない。

宗八郎と平次は、帰る途中神田川沿いの夜鷹《よたか》そばで空腹を満たしてから、それぞれの住処に帰った。


翌朝、宗八郎と平次は、ふたたび下谷に足を運んできた。歩きながら、目印にしておいた板塀の上から張り出している松を見つけ、倉方の屋敷を確認した。そして、屋敷近くを通りかかった初老の武士に話を聞いた。武士によると、倉方は八十石の御家人で、非役だそうである。

「ちかごろ、屋敷にいることはすくないようですよ。遊び歩いているのかもしれませんな」

初老の武士は、口元に嘲笑を浮かべて言った。

「奉公人は？」

「奉公人のことまでは知りませんが、中間はいないようだし、下働きの者がいるかどうか……」

初老の武士が首をひねった。

「剣術は達者と聞きましたが」

宗八郎が水をむけると、

「若いころ、剣術道場に通っていたようですが、あのようなふしだらな暮らしをしていては、剣も役にたちますまい」

初老の武士はそう言い置いて、宗八郎から離れていった。

次に、宗八郎たちは、壮年の武士の屋敷近くに行って話を聞くことにした。運良く通りかかった中間と御家人ふうの武士から話を聞くことができ、壮年の武士のことがだいぶ知れてきた。

壮年の武士の名は、川島峰右衛門《かわしまみねえもん》。百二十石の御家人で、やはり非役だという。妻女がいるだけで、子供はいないという。

さらに、宗八郎は通りかかった隠居ふうの武士に、

「川島どのの剣の腕は、どうです」

と、訊いてみた。

「どうですかな。……道場に通ったような話は、聞いたことがありませんが」

隠居ふうの武士は、首をひねりながら言った。

「ふだん、川島どのは何をなされているのです？」

「何をしているか知りませんが、屋敷内にいることが多いようですよ」

そう言い残し、隠居ふうの武士は宗八郎から離れていった。

宗八郎は平次を連れて来た道を引き返しながら、

「川島は何者かな」

と、つぶやくような声で言った。

「永田たちの仲間ですかね」

平次も首をひねっている。

「仲間であることはまちがいない。永田たち三人と飲んだようだし、倉方とも親しそうだったからな」

ただ、宗八郎は、川島が永田たちを指図している黒幕のような気はしなかった。川島が永田たちと浜崎屋から帰ってくる様子を見ても、上下の関係はなく対等のように見えたのだ。

「いったい、おさとさんは、どこにいるんだ」

平次は小声で言ったが、苛立《いらだ》ったようなひびきがあった。

「おさとどのの監禁場所がつきとめられんと、打つ手がないな」

宗八郎は、永田道場、黒川、倉方、川島の三人の屋敷のどこかに監禁されているような気がしたが、どこか分からない。

宗八郎がそのことを言うと、

「踏み込んで調べやすか」

と、平次が声を大きくして言った。

「それも、むずかしいな」

初めに踏み込んだところに、おさとがいて、うまく助け出せればいいが、下手をすると、おさとは始末されるかもしれない。それに、永田たちは、宗八郎たちがおさとを探して仲間の屋敷に踏み込んだことを知れば、まったく別の場所におさとを隠すだろう。そうなると、探し出すのがさらに難しくなる。

「ひとり、つかまえて口を割らせやすか」

平次が言った。

「それしか、手はないか。……いずれにしろ、永田たちには、おれたちがやったのではないと思わせたいな」

宗八郎は、倅の浜之助と御徒目付の堀を使おうと思った。

5

宗八郎は平次と下谷に出かけた翌日、自邸に帰って浜之助に会った。

「浜之助に頼みがある」

宗八郎はそう切り出し、湯島に住む黒川又十郎の屋敷内で、博奕がおこなわれているらしいことを話した。

「まことですか」

浜之助が驚いたような顔をした。

「それで、堀にも会って話したいのだがな」

「分かりました。……すぐに、堀どのに連絡します」

浜之助は、今日のうちに堀に会って事情を話し、明日にも、ふたりで安田屋に伺うと言い添えた。

翌日の昼過ぎ、浜之助と堀が安田屋に姿を見せた。宗八郎は安田屋で浜之助たちと話すわけにはいかなかったので、近くのそば屋にふたりを連れていった。

そば屋の小座敷に腰を落ち着けると、酒好きの宗八郎は、さっそく酒とそばを小女《こおんな》に注文した。

酒がとどくと、宗八郎は銚子をとり、

「堀、久し振りだな。一杯やってくれ」

そう言って、堀の猪口に酒をついでやった。

「いただきます。御頭《おかしら》もお変わりないようで、なによりです」

そう言って、堀は猪口をかたむけた。

堀は、宗八郎のことを、御徒目付組頭だったときと同じように御頭と呼んでいる。ただ、人目のあるところでは、塚原さまと呼ぶこともある。

堀は三十がらみ、面長で眉が濃く、鋭い目をしていた。がっちりした体軀で、腰が据わっている。剣も遣い手であった。

「ふたりに、頼みがあるのだ」

宗八郎はそう切り出し、あらためて黒川の屋敷で賭場がひらかれているらしいことを話し、

「黒川の屋敷の近所で、賭場のことを聞き込んでくれんか。……近所の者に、目付筋の者が博奕のことで探っていると知られてもかまわん。いや、むしろ、その方が都合がいいのだ」

「父上、どういうことです」

浜之助が訊いた。

「実は、御目付に探索を命じられている事件があってな。……町人の母子《おやこ》が三人の武士に襲われ、母親だけ攫われたという件なのだが、三人の武士のなかのひとりが、黒川らしいのだ」

宗八郎は、御小納戸頭取の近藤左内のことは話さなかった。御目付に命じられた隠《おん》密裡《みつり》の探索であり、近藤の名は迂闊に口にできなかったのだ。

御目付は藤堂順之助であり、浜之助と堀の直接の上司でもある。

「黒川が母親を攫ったひとりらしいことは分かったのだが、母親がどこに監禁されているかが、分からんのだ。それで、黒川を捕らえて吐かせたいのだが、おれたちが黒川を捕らえたことが他の仲間に知れると、母親の命があぶない。……そこで、黒川は屋敷内で博奕をしていた咎《とが》で目付筋の者に捕らえられたと、仲間の者たちに思わせたいのだ」

長い間は無理だが、短期間ならごまかせるだろう。

「分かりました」

浜之助が言うと、

「さっそく、明日から、黒川の屋敷近辺で博奕のことを聞き込んでみます」

と、堀が言い添えた。

「頼むぞ」

宗八郎は、堀と浜之助の猪口に酒をついでやった。

宗八郎たち三人はしばらく酒を飲んだ後、そばで腹ごしらえしてから店を出た。

宗八郎は浜之助たちと話した二日後、佐久と平次を連れ、湯島にむかった。黒川を捕らえるためである。

宗八郎たちは黒川屋敷の近くまで来ると、通りの左右に目をやった。身を隠すところはないか探したのである。

「そこの稲荷《いなり》はどうだ」

佐久が指差した。

通り沿いに、稲荷の赤い鳥居があった。祠《ほこら》のまわりで、樫《かし》や欅《けやき》などが枝葉を茂らせている。

「稲荷にしよう」

三人は稲荷にむかった。

「おれと佐久は、ここで待つ」

宗八郎が言った。樫や欅の陰にまわれば、身を隠せそうである。

稲荷から、黒川の屋敷まで四、五町あるのではあるまいか。その場からは、屋敷の屋根も見えなかった。

「あっしが、黒川の屋敷を見張りやす」

そう言い残し、平次は小走りに黒川の屋敷にむかった。

平次が、黒川屋敷の斜向かいにある笹藪の陰から見張り、何か動きがあれば宗八郎たちに知らせる手筈《てはず》にしたのだ。笹藪は、以前宗八郎と平次のふたりで、黒川屋敷を見張ったところである。そこは、笹藪の陰といっても狭い場所だった。三人で身を隠すことはできなかったし、屋敷のすぐ前の笹藪に三人で出入りしたら、屋敷の者に見《み》咎《とが》められるだろう。

宗八郎と佐久は、稲荷の祠の前の石段に腰を下ろした。石段といっても、三段しかない短いものだった。

「長丁場になるな」

宗八郎が、足元でチラチラ揺れている木漏れ陽に目をやりながら言った。いつ姿をあらわすか、分からない黒川を待たねばならないのだ。

「屋敷内に踏み込むわけにはいかないからな。……まァ、のんびりやろう」

佐久が、間延びした声で言った。

「酒でも、持ってくればよかったな」

宗八郎は、酒をチビチビやりながら待つなら苦にならないと思った。

「酒より、握りめしだな」

大食漢の佐久は、酒より握りめしらしい。

そんなやり取りをしながら、ふたりは平次がもどるのを待った。陽は西の空にまわり、足元に落ちていた木漏れ陽も、いまは見ることができなかった。樫や欅の陰には、淡い夕闇が忍び寄っている。

「今日は、無駄骨かな」

宗八郎が、両腕を突き上げて伸びをしたときだった。

通りを走ってくる足音が聞こえ、鳥居をくぐって平次が飛び込んできた。

「き、来やす！」

平次が荒い息を吐きながら言った。

「黒川か」

宗八郎が立ち上がって訊いた。佐久も立ち上がっている。

「へ、へい……」

「ひとりか」

「ひ、ひとりで、こっちに来やす」

平次が、脇道を通って先回りしたことを言い添えた。

「よし、跡を尾けよう」

この場で、仕掛けるのは無理だった。ぽつぽつと人通りがあったし、通り沿いには武家屋敷がつづいている。宗八郎たちが黒川を襲ったことは隠さねばならないのだ。

宗八郎たち三人は、鳥居の近くの樹陰に身を隠し、黒川が通り過ぎるのを待った。

黒川は羽織袴姿で、二刀を帯びていた。幸い供の者はいなかった。中山道の方へむかって歩いていく。

宗八郎たちは黒川をやり過ごし、半町ほど間を置いてから平次ひとりで黒川の跡を尾け始めた。宗八郎と佐久は、平次からさらに半町ほど間をとって通りに出た。黒川が振り返っても、気付かれないようにそうしたのである。

宗八郎と佐久は、先を行く平次の跡を尾けていく。

6

黒川は湯島の聖堂の裏手を過ぎると、右手の路地へ入った。路地をそのまま行くと、神田川沿いの道に突き当たるはずである。

「佐久、川沿いの道で仕掛けよう」

宗八郎が言った。

「昌平橋の手前だな」

「坂があるはずだ。あの辺りは、店もない」

なだらかな坂になっていて、道沿いは笹藪や雑木林などがつづいている。その辺りなら、人目に触れずに、仕掛けられるだろう。

「よし、行くぞ」

佐久は小走りになって、宗八郎の先に出た。脇道をたどって黒川の前に出て待ち伏せ、宗八郎と挟み撃ちにするのである。

宗八郎は佐久が脇道に入ったのを見てから足を速め、前を行く平次に追いついた。

「佐久の旦那は」

平次が訊いた。

「先回りした。昌平橋の手前で仕掛ける」

宗八郎たちは、黒川に気付かれないように通り沿いの樹陰や板塀の陰などに身を隠しながら黒川の跡を尾けた。

黒川は神田川沿いの通りに出ると、昌平橋の方にむかった。すでに、暮れ六ツ（午後六時）ちかくで、通りの人影はすくなかった。ときおり、船頭ふうの男や風呂敷包みを背負った行商人などが、足早に通り過ぎていくだけである。

「やつは、どこへ行くつもりですかね」

平次が訊いた。

「永田のところではないかな」

昌平橋を渡れば、道場のある三島町はすぐである。

「旦那、間をつめやすか。すこし行くと、坂ですぜ」

「よし」

ふたりは、通り沿いの樹陰に身を隠しながら足を速め、黒川との間をつめ始めた。

すぐに、道はなだらかな下り坂になった。左手には笹藪や雑木林がつづき、右手は神田川の岸辺で、群生した葦におおわれている。

そのとき、黒川の前方の樹陰にかすかに人影が見えた。巨軀である。

……佐久だ！

先回りした佐久が、黒川を待っている。

黒川は、まだ佐久に気付いていない。同じ歩調で歩いていく。

宗八郎は小走りになった。平次が宗八郎の後につづく。

ふいに、黒川が足をとめた。樹陰にいる佐久に気付いたらしい。

一方、佐久は樹陰から出ると、小走りに黒川に迫ってきた。

黒川が反転した。逃げもどろうとしたらしいが、すぐに足がとまった。走り寄る宗八郎たちの姿を目にしたようだ。

黒川は逡巡するように前後に目をやったが、川岸に走り、岸際を背にして立った。逃げられないと分かり、背後から攻撃されるのを防ごうとしたらしい。

宗八郎が黒川の前に立ち、佐久は、すばやく黒川の左手にまわり込んだ。

黒川はこわばった顔で抜刀した。気が昂《たかぶ》っているらしく、目がつり上がり刀身が小刻みに震えている。

「黒川、聞きたいことがある。おれたちといっしょに来い」

まだ、宗八郎は抜かなかった。黒川との間合は、三間半ほどある。

「こ、断る！」

黒川が震えを帯びた声で言い、切っ先を宗八郎にむけた。

「やるしかないようだな」

宗八郎は抜刀し、刀身を峰に返した。峰打ちでしとめるつもりだった。斬ってしまうと、話が聞けないのだ。

左手にまわり込んだ佐久も抜いた。やはり、刀身を峰に返している。佐久は、黒川との間合を四間ほどとっていた。宗八郎と黒川の動きを見てから踏み込むつもりなのだろう。

黒川は青眼に構えた。対する宗八郎は、八相《はっそう》である。

……なかなかの遣い手だが、気が乱れている。

と、宗八郎はみてとった。

黒川の切っ先は、宗八郎の目線につけられていた。隙のない構えである。ただ、真剣勝負の気の昂りと恐怖で、体に力みがあった。腕にも力が入り過ぎて、切っ先がかすかに震えている。

「いくぞ！」

宗八郎は、摺り足で黒川との間合をつめ始めた。黒川は下がったが、すぐに踵が岸際に迫り、それ以上下がれなくなった。宗八郎との間合が一気に狭まっていく。

宗八郎は、一足一刀の斬撃の間合に踏み込むや否や仕掛けた。全身に斬撃の気がはしり、

タアアッ！

裂帛の気合と同時に体が躍り、八相から袈裟に閃光がはしった。

咄嗟に、黒川は青眼から刀身を撥ね上げた。

ガチッ、と重い金属音がひびき、黒川の頭上でふたりの刀身が十文字に合致してとまった。黒川が宗八郎の斬撃を受けたのである。

次の瞬間、宗八郎は刀身を引きざま横に払った。

胴へ——。一瞬の太刀捌《さば》きである。

ドスッ、というにぶい音がし、宗八郎の峰打ちが黒川の脇腹に食い込んだ。黒川が両腕を上げて宗八郎の斬撃を受けたとき、胴があいた。その一瞬の隙を、宗八郎がとらえたのだ。

黒川は手にした刀を取り落とし、苦しげな呻《うめ》き声を上げてその場にうずくまった。

肋骨《ろっこつ》でも折れたのかもしれない。

「動くな！」

宗八郎は切っ先を黒川の首筋に突き付けた。

そこへ、佐久と平次が走り寄り、黒川を取り巻くように立った。

「立て！　黒川」

宗八郎が語気を強くして言った。黒川を安田屋まで、連れていって話を聞こうと思ったのである。

だが、黒川はうずくまったまま動かなかった。顔が紙のように蒼ざめ、喘《あえ》ぎ声を洩らしている。激痛に襲われているようだ。

「おい、歩けそうもないぞ」

佐久が言った。

7

「ここで、話を聞こう」

宗八郎は、黒川からおさとの監禁場所を聞き出した上で、黒川の様子をみて背負って連れていくか、平次に駕籠を迎えにやらせて安田屋まで運ぶか考えるつもりだった。

「佐久、手を貸してくれ。黒川を木の陰まで運ぶ」

宗八郎は、人目に触れないところに黒川を連れていこうと思った。

「よし」

佐久は黒川の脇に屈み、黒川の右腕をとって肩にまわした。

黒川は顔をしかめ、苦しげな呻き声を上げたが、佐久に抱えられるようにして雑木林の端の樹陰まで行った。

通りを染めているのは淡い夕闇だが、樹陰の闇は深かった。通りから目をむけても、宗八郎たちの姿は見えないだろう。それでも、暗闇に目が慣れてくると、闇のなかにぼんやりと浮かび上がった黒川の顔を見ることができた。

「黒川、おぬしらが何をしたか、承知している。弥之助が、みんなしゃべってくれたのでな」

宗八郎が低い声で言った。

「……う、うぬらか、弥之助を捕らえたのは」

黒川が、苦しげな声で言った。

「だが、弥之助も知らないことがあってな。それで、おぬしに訊くことにしたのだ。……何のために、おさとどのを攫ったのだ」

宗八郎が切り出した。ともかく、おさとの監禁目的とその場所が知りたかった。

「し、知らぬ。……おれは、永田どのに頼まれただけだ」

「おぬし、永田道場の門弟だったのだな」

黒川は二百石で非役だが、旗本である。それで、道場のつぶれたいまは、永田のことを師匠と呼ばないのだろう。

「そ、そうだ」

黒川は苦痛に顔をしかめた。顔に脂汗が浮いている。

「では、訊く。おさとどのは、どこにいる」

宗八郎は、黒川を見すえて訊いた。双眸が夕闇のなかで、青白くひかっている。

「し、知らぬ」

「知らぬはずはない。おぬしと永田、それに倉方の三人で、おさとどのを駕籠に乗せて連れ去ったことは、分かっているのだ」

「……！」

宗八郎が鋭い声で言った。

黒川は口をつぐみ、苦痛に顔をゆがめている。

「しゃべらねば、ここで斬る。……おぬしを斬っても、倉方か永田に訊くことができるだろう」

宗八郎は手にした刀の切っ先を黒川の首筋に当て、

「おさとどのは、どこにいる」

と、あらためて訊いた。

黒川は口をひらかなかったが、体の顫えが激しくなってきた。視線が揺れている。恐怖らしい。

宗八郎は首筋に当てた刀身をすこし引いた。切っ先が皮膚を裂き、ふつふつと血が噴いた。血が、赤い筋をひいて流れ落ちていく。

「……ま、待て」

黒川が声をつまらせて言った。

「おさとどのは、どこにいる！」

さらに、宗八郎が語気を強くして訊いた。刀は下ろしている。

「か、川島どのの屋敷だ」

黒川がしゃべった。

「下谷の川島峰右衛門だな」

やっと、おさとの監禁場所が知れた！　と宗八郎は胸の内で声を上げた。

「そうだ……」

黒川が驚いたような顔をしたが、すぐに苦痛の表情に変わった。黒川は川島のことまでつかまれているとは、思わなかったのだろう。

「川島は何者だ」

宗八郎は、川島がおさとや長助とどうかかわっているのか、まったく分からなかった。

それに、宗八郎は、川島が百二十石の御家人らしいことや倉方と親しげに話していたことなどを思うと、此度の件の黒幕のような気がしなかった。

「知らぬ」

「おぬしは、どうやって川島を知ったのだ」

「永田どのが川島どのを連れてきて、料理屋で顔を合わせたのだ」

黒川の声が、はっきりしてきた。観念したのか、それとも苦痛がやわらいだかである。

「うむ……」

どうやら、川島は永田を通して門弟だった黒川や倉方ともつながったらしい。

「おさとどのと長助を攫うように頼んだのは、川島だな」

宗八郎は念を押すように訊いた。

「そ、そうだ」

「川島は、おさとどのや長助とどんなかかわりがあるのだ」

宗八郎が、あらためて訊いた。川島とおさとのかかわりが分かれば、おさとを監禁している理由も知れるだろう。それに、はたして黒幕が永田や川島の他にいるのかどうかも、はっきりする。

「おれは、知らぬ」

黒川が声を大きくして言った。やはり痛みが、やわらいだのかもしれない。呻き声は洩らさなくなった。

宗八郎が口をつぐむと、佐久は黒川の左手に出て、

「おぬしらは、おさとどのや長助を監禁して、何をしようとしていたのだ。身の代金でも、とるつもりだったのか」

と、訊いた。佐久は刀を手にしていなかった。

「永田どのは、大金が入るので、おれや倉方にも分け前をくれると言っていた。……

何をしようとしていたのか、おれは知らぬ」

言いながら、黒川は佐久から逃げるようにすこしずつ右手に動いた。

「どこから、金が入ると言っていたのだ」

佐久がそう訊いたとき、

「知らぬ！」

と言いざま、黒川が片膝を地面についで身を起こし、いきなり小刀を抜いた。

ヤッ！

黒川は短い気合を発し、小刀で宗八郎の腹を突いた。

咄嗟に、宗八郎は体を倒して、その切っ先をよけたが、着物の脇腹辺りを斬り裂かれた。

次の瞬間、宗八郎は手にした刀を横に払った。体が勝手に反応したのである。

ビュッ、と黒川の首筋から血が、赤い筋になって飛んだ。宗八郎の切っ先が、黒川の首の血管《ちくだ》を斬ったのである。

黒川は身を捩《よじ》り、血を撒《ま》きながらよろめいた。

すぐに、黒川は雑草に足をとられて前のめりに倒れ、草におおわれた地面に俯《うつぶ》せに横たわった。

黒川は闇のなかで四肢《しし》を痙攣《けいれん》させていたが、いっときすると動かなくなった。呻き声も喘鳴《ぜんめい》も聞こえなかった。絶命したようである。

「斬るつもりはなかったのだが……」

宗八郎が、闇のなかに横たわっている黒川の死体に目をやって言った。

「死体は、どうする」

佐久が訊いた。

「林のなかに、引き摺り込んでおこう」

宗八郎は、いずれ死体は発見されるだろうが、しばらく時間は稼げると思った。

第五章　救出

1

　宗八郎が安田屋で朝餉をすませて茶を飲んでいると、原島与兵衛が姿を見せた。

　宗八郎たちが、黒川からおさとが川島の屋敷に監禁されていると聞いた二日後である。

　昨日、宗八郎は近藤家の屋敷に出かけ、門番の若党に名乗った後、至急、安田屋に来てほしい、と原島への言伝を頼んだのである。

　原島は言伝を聞き、さっそく安田屋に足を運んできたのだ。

「長助さまは、お変わりござらぬか」

　すぐに、原島が訊いた。

「変わりない。ここの娘のおゆきがな、母親代わりになってくれているよ。……姉弟といった方がいいかな」

いまも、おゆきが長助の相手をしてやっている。

「それは、よかった」

原島はほっとした顔をした。

「原島どの、二階に上がっていただけまいか」

宗八郎が声をあらためて言った。原島とふたりだけで話したかったのである。

二階は、宗八郎の寝間であり、居間でもあった。他人を入れたくない部屋だが、そんなことは言っていられない。

「承知した」

原島も、大事な話と察知したらしくすぐに応えた。

「茶を淹れましょうか」

徳兵衛が訊いた。

「いや、話がすんだら、また下りてくる。そのときに、頼みたいが」

宗八郎が言うと、

「お待ちしてますよ」

徳兵衛は口許に笑みを浮かべて言った。

宗八郎につづいて二階に上がった原島は、長助たちのいる部屋の前で足をとめたが、障子越しに長助とおゆきの声が聞こえると、笑みを浮かべて歩きだした。

二階の宗八郎の部屋は、散らかっていた。夜具は畳んであったが、寝間着は丸めて隅に押しやってあり、枕屏風《まくらびょうぶ》には皺になった小袖が掛けてあった。部屋のなかには、酒と汗の入り交じったような臭いが漂っている。酒好きの宗八郎は、寝る前に貧乏徳利の酒を飲むことが多かったのだ。

「座ってくれ」

宗八郎が言うと、すぐに原島が腰を下ろした。

「おさとどのの監禁場所が知れたよ」

宗八郎が低い声で切り出した。

「知れましたか！」

原島が声を大きくした。

「下谷に住む御家人、川島峰右衛門の屋敷だ」

「なに、川島どのの屋敷に……」

原島の顔に驚きと戸惑いの表情が浮いた。

「原島どのは、川島を知っているようだな」

宗八郎が原島を見すえて訊いた。

「し、知っているが、まさか、川島どのが……」

原島が声をつまらせて言った。

「川島は、何者なのだ」

「川島どのは、殿の奥方、佳乃さまの兄にあたる方です」

「なに、奥方の兄だと！」

思わず、宗八郎の声が大きくなった。

「佳乃さまの実家は、小川町に屋敷のある大久保《おおくぼ》家でしてね。川島どのは次男だったので、家を出たわけですよ」

原島によると、大久保家は五百石の旗本で、当主は大久保藤之助《とうのすけ》。長兄である。大久保家の兄妹は、長男の藤之助、次男の川島峰右衛門、それに長女の佳乃だという。佳乃は、三人のなかで一番の年下だそうだ。

「川島は、婿か」

川島と姓が変わったのは、峰右衛門が川島家に婿として入ったからであろう。

「そうです。……それに、川島どのは、義父が亡くなって家を継いだおり、名も変えたらしい」

原島によると、川島は伝次郎《でんじろう》という名だったという。

「やはり、川島がおさとどのと長助を攫おうとしたのだな」

川島が、永田たちにおさとと長助の拉致を依頼したのではあるまいか。

「いったい何のために、川島どのが……」

原島の顔に、困惑の色が浮いた。

「考えられるのは、近藤家の跡取りだな。……奥方の佳乃どのが、兄の川島に頼んだのではないのか」

佳乃にすれば、おさとと長助が近藤家に入り、長助が家を継ぐようなことになれば、自分の居場所がなくなる。娘の八重を連れて、近藤家を出ねばならなくなるかもしれない。そうなる前に、おさとと長助を攫って、近藤家に入れないように手を打ったのではあるまいか。

宗八郎が自分の推測を話すと、

「それなら、佳乃さまは、川島どのではなく大久保どのに頼むはずだが……」

原島によると、大久保は近藤家を訪問して、佳乃と話すこともあるという。ところが、川島は近藤家に来たことはなく、ちかごろ佳乃と会った様子もないそうだ。

「大久保家の屋敷は、小川町だと言ったな」

宗八郎は、小川町と永田道場のあった三島町が近いことが気になった。

「そうだが……」

「大久保は剣術道場に通っていたことはないか」

「ある。……たしか、大久保どのは、若いころ九段坂下の剣術道場に通っていたはずだ」

「練兵館か！」

思わず、宗八郎の声が大きくなった。

大久保は、永田と練兵館で同門だったのである。その後、永田が三島町にひらいた道場に、大久保が出入りしていたのかもしれない——。いずれにしろ、大久保と永田は同門としての付き合いがあったとみていい。

……一味の黒幕は、大久保だ！

と、宗八郎は胸の内で声を上げた。大久保を黒幕とする、川島や永田たちのつながりがみえたのである。

「大久保は、永田たちとつながりがあったようだ。……おさとどのと長助を攫うように、裏で指図していたのは大久保ではないかな」

宗八郎は、原島に永田も練兵館の門弟だったことを話した。

「なにゆえ、大久保どのは、おさとさまや長助さまを攫おうとしたのだ。近藤家の跡を長助さまに継がせないためか……」

原島の顔には、まだ腑に落ちないような表情があった。

「おそらく、奥方の佳乃どのから大久保に話があったのではないかな」

「しかし、大久保どのには、そのような様子はまったくなかったが……」

原島が語尾を濁した。

「大久保がそれらしい動きをすれば、すぐに知れる。……それで、近藤家とはあまり付き合いがなく、姓も名も変えた川島を使ったのだ。そうすれば、佳乃どのや大久保が疑われずにすむではないか」

「そうか……」

原島の顔に怒りの色が浮いたが、すぐに消え、

「なぜ、ふたりを、殺さずに攫おうとしたのであろう」

と言って、首をひねった。

「殺すことまでは、できなかったのではないかな。……発覚すれば、近藤家の跡取りどころか、己が腹を切ることになる。大久保や佳乃どのにすれば、長助が、近藤家の

跡継ぎにならなければ、それでいいはずだ」

「…………」

原島は、まだ納得できないような顔をしていた。

そのとき、宗八郎の脳裏に、近藤家に投げ込まれていた文のことがよぎった。

……あれを書いたのは、やはりおさとどのではない！

と、宗八郎は確信した。

大久保か川島が、近藤におさとと長助のことを諦めさせるために、別人に書かせたのではあるまいか。そうすれば、近藤がおさとと長助を屋敷内に入れることはないはずである。投文の字が乱れていたのは、別人が書いたことを隠すためであろう。

ただ、宗八郎は、投文のことを口にしなかった。いずれにしろ、おさとを助け出して話を聞けば、はっきりすると思ったのである。

「ともかく、おさとどのを助け出そう」

「頼みます」

原島が訴えるように言った。

「すぐにも、手を打つ」

いまも、平次と佐久が下谷に出かけ、川島の屋敷を探っているはずである。

2

「旦那、おさとさんは、屋敷の裏手の納戸にいるらしいですぜ」

平次が目をひからせて言った。

宗八郎が、原島と会った夕方だった。川島の屋敷を探りにいった平次と佐久が、安田屋にもどってきたのだ。

安田屋の帳場に、徳兵衛、宗八郎、佐久、平次の四人が顔をそろえていた。

「どうして、分かった」

宗八郎が訊いた。

「川島の屋敷に奉公してる伊助《いすけ》ってえ、下働きの男にそれとなく訊いたんでさァ。伊助が言うには、川島が、気が触れたという従妹《いとこ》を預かってきて、屋敷内の納戸で世話してるそうですぜ」

「まちがいない。その女が、おさとどのだ」

納戸を座敷牢のように使い、そこにおさとを閉じ込めているにちがいない。

「助けに行きやすか」

平次が意気込んで言った。

「明日にも行きたいが……。川島の屋敷にいる者をつかんでからだな」

下手に踏み込むと、返り討ちに遭う恐れがある。

「川島の家族は、お松《まつ》という妻だけで子供はいないらしい。奉公人は、伊助と中間がひとりいるようだ」

佐久が言った。

「武士は川島だけか。……三人で何とかなりそうだが、念のために駕籠辰のふたりにも、頼むか」

助八と梅助なら駕籠を担ぐだけでなく、多少の戦力にもなるだろう。

「てまえが、駕籠辰のふたりに頼みますよ」

徳兵衛が言った。

「それで、いつやる」

佐久が訊いた。

「明日だな。早い方がいい。夕暮れ時に踏み込もう」

宗八郎が、三人に目をやって言った。

翌日の昼過ぎ、安田屋の戸口に宗八郎、佐久、平次、徳兵衛、それに駕籠辰の助八と梅助が集まっていた。戸口の脇には、駕籠が置いてある。おさとを助け出したら、駕籠に乗せてくるつもりだった。

「徳兵衛、行ってくるぞ」

宗八郎が声をかけた。

「お気をつけて」

徳兵衛は戸口に立って、宗八郎たちを見送った。

宗八郎たちは、下谷の武家屋敷のつづく通りをしばらく歩き、川島の屋敷の近くまで来ると路傍に足をとめた。

「佐久と助八たちは、ここにいてくれ。屋敷の様子を見てくる」

宗八郎は、平次だけ連れて川島家にむかった。

木戸門はしまっていた。屋敷のなかはひっそりとしていたが、門の近くで足音がした。だれか、門の近くにいるらしい。

宗八郎は足音を忍ばせて木戸門に近付き、門扉の節穴から覗いてみた。

初老の男が、玄関脇に屈んでいた。手に鎌を持っている。草取りをしているようだ。

「伊助ですぜ」

平次が声を殺して言った。

「警戒している様子はないな」

伊助は、のんびりと草取りをしている。もっとも、下働きの伊助は宗八郎たちが踏み込んでくるなどとは、夢にも思わないだろう。

宗八郎と平次は、そっと木戸門から離れ、佐久たちのそばにもどった。

「門はしまっていた。騒ぎを大きくしないで入れるといいが……」

宗八郎が小声で言った。

「塚原の旦那、あっしにまかせてくだせえ。あっしがうまく話して、伊助にあけてもらいやすぜ」

平次はそう言うと、ふたたび木戸門の方へ歩きだした。

宗八郎と佐久、それに駕籠を担いだ助八と梅助が、平次からすこし間をとってついていった。

平次は木戸門の門扉の前まで来ると、コツコツと門扉をたたいた。そして、門扉の隙間からなかを覗き、伊助がそばに来たのを目にすると、

「伊助、おれだ」

と、小声で言った。

「おれだと言っても、だれか分からねえよ」

門扉の向こうで、しゃがれ声が聞こえた。

「昨日《きのう》、話した吉次《きちじ》だよ。忘れちまったのかい」

どうやら、平次は偽名を使って伊助と話したらしい。

「ああ、昨日の……」

伊助は、昨日話した男と分かったようだ。

「川島さまに、お渡しする物があってな。ここまで、駕籠で運んできたのよ。くぐりをあけてくんな」

「駕籠で運んできたのかい」

伊助は、くぐりをすこしあけて外を覗いた。

門の近くにある助八たちの担ぐ駕籠が見えたらしく、

「いってえ、何を運んできたんだい」

と言って、くぐりをいっぱいにあけて外へ出てきた。

「駕籠は空だよ」

そう言って、平次は身を引いた。

すると、脇にいた宗八郎がいきなり抜刀し、峰打ちを伊助の腹にみまった。一瞬の太刀捌きである。

伊助が腹を押さえ、呻き声を上げて蹲《うずくま》った。平次と佐久がすばやく伊助を後ろ手に縛り、猿轡《さるぐつわ》をかませた。

「この男は、駕籠に入れておこう」

宗八郎たちは、伊助を駕籠に押し込めた。

すぐに、平次と佐久がくぐりから入って門をあけた。そして、助八と梅助が駕籠を門内に担ぎ込むと、あらためて門をしめた。通りかかった者に、不審を抱かせないためである。

「踏み込むぞ」

宗八郎が、佐久と平次に目をやって言った。

「承知」

佐久が言い、平次がうなずいた。

宗八郎たち三人は、足音を忍ばせて屋敷の玄関から踏み込んだ。

3

川島家の屋敷内に入ると、奥でくぐもった人声が聞こえた。男と女の声である。何か話しているらしい。

玄関の先に、奥へつづく廊下があった。左手が座敷になっているらしく、障子が見えた。右手は板戸がしめてある。

「こっちだ」

宗八郎たちは、廊下を奥にむかった。

土間から三つ目の座敷の障子の向こうで、「だ、だれか、廊下にいますよ」と女の震えを帯びた声がし、「伊助ではないのか」と男の声が聞こえた。

宗八郎は声の聞こえた座敷の障子を、いきなりあけはなった。

座敷のなかほどに、男と女が座していた。川島と妻のお松らしい。

そこは、居間のようだ。川島は湯飲みを手にしていた。お松の膝先に、盆に載った急須があった。お松が川島に茶を運んできたところらしい。

一瞬、川島は宗八郎を見て目を瞠《みひら》き、凍りついたように身を硬くしたが、

「安田屋の者か！」

と叫び、慌てて立ち上がった。

宗八郎は座敷に踏み込んで抜刀し、

「納戸はどこだ」

と訊いて、切っ先を川島の喉元にむけた。

「し、知らぬ」

川島は、ひき攣《つ》ったような顔をして後じさった。

「おぬしをここで斬り捨て、家捜ししてもいいのだぞ。隠しても、すぐに知れる」

宗八郎が言うと、

「そ、そこです。廊下の向かい側に……」

お松が、声を震わせて言った。顔が紙のように蒼ざめ、恐怖で目がつり上がっている。

「佐久、川島を頼む」

言い置いて、宗八郎は廊下に出た。

つづいて廊下に飛び出した平次が、

「旦那、そこですぜ」

と言って、廊下の斜向かいを指差した。

納戸らしい。板戸がしめてあった。すぐに、宗八郎と平次は、板戸の前に歩み寄った。納戸はひっそりとして、物音も人声も聞こえなかった。

宗八郎が板戸をあけた。

なかは薄暗かった。板敷きになっていて、隅に人影があった。顔や首筋が、薄闇のなかに白く浮き上がったように見えた。女である。

宗八郎は納戸のなかに踏み込み、

「おさとどのか。……助けにきたぞ」

と、声をかけた。

女の白い顔が揺れた。細い目が、宗八郎にむけられている。

「は、はい……」

女が掠《かす》れ声で応えた。おさとである。

おさとは、納戸の隅に置かれた長持の前に座っていた。後ろ手に縛られている。髪が乱れ、額や首筋に垂れ下がっていた。頬の肉が落ち、目が落ち窪んでいる。かなり憔悴《しょうすい》しているようだ。

「駆込み宿の安田屋の者だ」

宗八郎が言った。

「おさとさん、いま助けやす」

すぐに、平次がおさとの後ろにまわり、両腕を縛った細引を匕首《あいくち》で切ってやった。

おさとは、宗八郎を見上げ、

「ちょ、長助は……」

と、声をつまらせて訊いた。

「安心しろ、安田屋であずかっている。……おさとどのを待っているぞ」

「…………」

おさとは何か言いかけたが、声は出ずに顔がゆがんだ。宗八郎を見つめたまま、込み上げてきた嗚咽《おえつ》に体を顫わせている。

「立てやすか」

平次が、おさとの手を取って訊いた。

「は、はい……」

おさとは、よろめきながら立ち上がった。目から溢《あふ》れた涙が、薄闇のなかで筋をひいてひかっている。

宗八郎がおさとの手を取ってやり、三人で廊下に出たとき、

「川島、逃げるか！」

と、佐久の声が聞こえた。

宗八郎はおさとを平次にまかせ、佐久と川島たちのいる部屋へむかった。

座敷にいたのは、佐久とお松だけだった。川島の姿がない。廊下と反対側の板戸があき、縁側の先に、淡い夕闇につつまれた庭が見えた。佐久は板戸の脇に立ち、庭に目をやっている。

「どうした、佐久」

「川島が逃げた。あそこだ」

佐久が庭を指差した。

庭の隅に、裏手にむかって逃げていく川島の姿が見えた。

「つかまえるか」

佐久が訊いた。

「いや、いい。川島に逃げ場はない」

宗八郎は川島から事情を聞きたかったが、捕らえるつもりはなかった。御家人である川島は、家を捨てて逃げても暮らしていけないだろう。川島をどうするかは、御目付の藤堂の指示にしたがうつもりでいたのだ。

宗八郎たちは、お松と駕籠のなかにとじこめてあった伊助を屋敷に残し、おさとを駕籠に乗せて安田屋にむかった。

「長助は二階にいる」

宗八郎が、先に立って階段へ足をむけた。

おさとは宗八郎の後につづき、安田屋の帳場にいた徳兵衛とおよしもふたりの後についてきた。

二階の座敷の障子のむこうで、おゆきと長助の声が聞こえた。おゆきが、長助と遊んでやっているらしい。

「長助……」

おさとが、そっと障子をあけた。

長助とおゆきが、おさとに顔をむけた。

ふたりは、座敷のなかほどに座っていた。ふたりの膝先に千代紙があった。おゆきが、長助に折り紙を教えていたらしい。おゆきは男児の遊びを知らないので、折り紙で遊んでやっていたのだろう。

「おっかァ！」

長助が声を上げて立ち上がった。母上ではなく、おっかァ、と呼んだ。長屋ではそう呼んでいたのだろう。

「長助……」

おさとが両手を差し出すと、長助が飛びついてきた。

おさとが長助を抱き締めると、長助はおさとの胸に顔を押しつけて、オンオンと泣き声を上げげた。おさとも、身を顫わせて泣いている。

宗八郎、徳兵衛、およし、おゆきの四人は、母子を取りかこむように立っていた。宗八郎と徳兵衛は泣き笑いしているような顔をし、およしとおゆきは貰い泣きの声を洩らしている。

4

「殿は、すぐに見えられましょう」

そう言い置いて、藤倉は座敷から出ていった。

宗八郎は、藤堂家の中庭の見える座敷に座していた。そこは、藤堂が宗八郎と会うときに使われる座敷である。

宗八郎は藤堂家を訪れ、姿を見せた用人の藤倉に、「藤堂さまに、お報《し》らせしたいことがあってまいった」と伝えると、この座敷に案内してくれたのである。

宗八郎が座敷に腰を落ち着けていっときすると、廊下を歩く足音がし、障子があいて藤堂が姿を見せた。下城後に着替えたらしく、小袖に角帯姿で足袋を穿いていた。くつろいだ恰好である。

「待たせたかな」

藤堂は座敷に腰を下ろすと、すぐに訊いた。

「いえ、いまお伺いしたところです」

宗八郎が、挨拶を口にする間もなかった。

「塚原、攫われたというおさとどのは、どうなった」

と、藤堂が切り出した。おそらく、藤堂はあらたな動きがあり、宗八郎はそれを知らせにきたと思ったのだろう。

宗八郎は倅の浜之助をとおして、近藤の子の長助は匿《かくま》っているが、母親のおさとは何者かに攫われたことを藤堂の耳に入れてあったのだ。

「三日前、おさとどのを助け出しました」

宗八郎はおさとを助け出した翌日、佐久と平次を連れて、小川町に出かけた。大久保家を探りにいったのである。

宗八郎たちは大久保家に奉公している中間をつかまえてそれとなく話を聞き、川島が大久保家に身を隠していることをつかんでいた。また、倉方らしい武士も、ときおり大久保家に姿をみせることも分かった。

宗八郎たちは小川町に出かけていたため、藤堂におさとを助けたことを報告するのが、今日になってしまったのである。

「それはよかった」

藤堂がほっとした顔をした。

「それがしが、母子を預かっております」

いま、おさとは長助といっしょに安田屋の二階にいた。ただ、長い間、ふたりを安田屋に匿っておくのはむずかしいだろう。宗八郎は、早く始末をつけたい気もあって藤堂を訪ねたのである。

「ふたりとも、無事なのだな」

「はい」

藤堂が念を押すように訊いた。

「それで、おさとどのを攫い、監禁していたのは何者なのだ」

藤堂が顔をけわしくして訊いた。

「御家人の川島峰右衛門なる者です。下谷の屋敷の納戸に、おさとどのを押し込めておりました」

「川島とな」

藤堂が首をひねった。初めて聞く名だったのだろう。

「近藤さまの正室である佳乃さまの兄でございます。佳乃さまの実家は大久保家ですが、川島は次男で川島家に婿に入ったため、川島峰右衛門を名乗るようになったようです」

「それで、なぜ、川島はおさとどのや長助を攫おうとしたのだ」

藤堂が訊いた。

「近藤さまのご嫡男が亡くなり、正室の佳乃さまは、長助が近藤家を継ぐことを恐れたようです。それで、まず長兄である大久保どのに相談されたとみております」

まだ、確かな証言はとっていないが、川島が大久保家に身を隠していることからみても、大久保が首謀者にまちがいないだろう、と宗八郎はみていた。

「そういうことか……」

藤堂はそうつぶやき、虚空を睨むように見すえていたが、宗八郎に目をむけ、

「だが、妹のためとはいえ、他家に嫁いだ佳乃どののために、大久保家や川島家の当主がそこまでの悪事に手を出すかな。露見すれば、切腹をまぬがれないぞ」

と言って、腑に落ちない顔をした。

「そのことでございます。大久保どのは露見せぬよう、己はまったく表に出ず、名を変えた弟の川島に指図していたとみております。それに、川島も己は手を出さず、川島家とはまったくかかわりのない道場主や門弟を使っていたようです」

まだ、大久保から川島に、永田たちを使うよう指示があったかはっきりしないが、宗八郎はまちがいないだろうとみていた。

「なるほど」

「それだけではありません。大久保や川島たちは、自分たちの悪事が露見しないように、此度《こたび》の件はすべて、おさとどのがくわだてた狂言にしようとしていたのです」

「どういうことだ」

藤堂が身を乗り出すようにして訊いた。

「近藤家に、おさとどのの名で書かれた投文がございました」

「それで」

「投文には、近藤さまに対し、左内さまとはお会いできない、わたしと長助のことは、忘れて欲しい、との内容が認《したた》めてあったそうです。……つまり、近藤さまに、おさとどのは攫われたのではなく、近藤家に入るのが嫌なので攫われたように見せかけ、自分から姿を消したと思わせようとしたわけです」

「うむ……」

近藤の顔が厳しくなった。

「おさとどのを殺さずに生かしておいたのも、そうした手を使うためだったのかもしれません」

「その投文は、おさとどのが書いたのではないのだな」

藤堂が、念を押すように訊いた。

「はい、おさとどのに確かめました。……おさとどのは、そのような文は書いていないそうです」

宗八郎はおさとを助けた後、投文のことをおさとに訊くと、文など書いた覚えはないと明言したのだ。

「己の悪事を秘匿するために、そのような卑劣な策を弄《ろう》しおったか」

藤堂の顔に、怒りの色が浮いた。

「それに、聞くところによりますと、大久保どのは非役で、御小納戸か御納戸の相応の役職に出仕することを強く望んでいたそうです。……そのため、近藤さまに取り入ろうとしていたように聞いております。おさとどのと長助が近藤さまのお屋敷に入り、佳乃さまの立場がなくなれば、大久保どのの望みも頓挫《とんざ》いたしましょう」

「そういうことか」

藤堂が納得したようにうなずいた。

「藤堂さま、この始末、どのようにつければよろしいでしょうか」

宗八郎は、これから先は藤堂の指図で動こうと思った。

「われら目付は、近藤家の世継ぎのことに口は出せぬが、母親を攫い、屋敷内に監禁しておくなど断じて許せぬ」

藤堂が顔をけわしくして言った。

「いかさま」

「ただ、近藤どのの依頼もあるので、内密にことを進めねばなるまいな」

「おさとどのを攫った件なら、一味の手先をしていた弥之助という男から口書きをとれますが」

「塚原は、その者から口書きをとってくれ」

「心得ました」

「わしは堀たちに命じ、おさとどのを監禁したことに絞って川島家の奉公人から口書きをとろう。……その上で、川島と大久保を訊問すれば、言い逃れできないはずだ」

「それに、一味のひとり、黒川は屋敷内で博奕をひらいていた咎もございます」

宗八郎が黒川のことを口にすると、

「そのことは、堀たちから聞いている。……他にも、倉方が黒川の屋敷で博奕にくわわったことがあるそうだぞ」

藤堂が言った。

堀と浜之助は、黒川屋敷のことを探っていたのだ。

「倉方と黒川は、永田道場の門弟だったころから遊び仲間だったのかもしれません」

「倉方は、博奕のことだけでも切腹はまぬがれまいな」

「いかさま」

「その黒川だが、湯島で斬り殺されていたそうだぞ」

藤堂が、堀から聞いたことを言い添えた。

「辻斬りの仕業か、博奕仲間に恨まれて闇討ちされたか……。そんなところで、ございましょう」

宗八郎は、自分で斬ったとは言わなかった。

「そういうことにしておこう」

藤堂は、宗八郎を見つめながら苦笑いを浮かべた。藤堂は、宗八郎が斬ったとみているらしい。

ふたりが口をつぐみ、座敷が沈黙につつまれたとき、

「残るは、道場主の永田ということになるな」

藤堂が顔をひきしめて言った。

永田は幕臣ではなかった。いまは、牢人である。牢人は町奉行の支配下になるので、幕府の目付が捕らえたり、公儀が裁いたりすることはできない。かといって、町方にまかせれば、近藤家の揉め事が明らかになるだろう。

「藤堂さま、永田はそれがしにおまかせいただけないでしょうか」

宗八郎は、剣の立ち合いということにして永田を討ちたい旨を話した。永田は神道無念流の道場主だった。剣の立ち合いということで討ち取っても、不審を抱かれるようなことはないはずである。

「斬れるか」

藤堂が、宗八郎を見つめて訊いた。

「やってみねば分かりませんが、いずれにしろ、永田はそれがしが始末いたします」

宗八郎は、成り行きによっては佐久の手も借りるつもりでいた。ふたりなら、永田に後れをとるようなことはないだろう。

「……ところで、おさとどのと長助は、塚原が預かっているのだな」

藤堂が念を押すように訊いた。

「はい」

「どうだ、近藤どのに会ってもらったら。近藤どののおさとどのに対するわだかまりも解けるだろうし、近藤どのが母子をどうするつもりなのか、はっきりするのではないかな」

「そうしていただければ……」

宗八郎は、おさとと長助のためにもそれが一番いい方法だと思った。

「わしから、近藤どのに話しておこう」

藤堂が顔をなごませて言った。

5

駕籠辰の駕籠が二挺、安田屋の店先に置いてあった。駕籠の脇に、助八たち四人の駕籠舁きが待っている。

五ツ（午前八時）ごろだった。晴天である。気持ちのいい朝陽が、安田屋の店先を照らしている。

店先に、大勢集まっていた。おさと、長助、宗八郎、佐久、平次、徳兵衛、それにおゆきとおよしである。

長助とおさとはこれまでの着物を着替え、宗八郎たちに取り巻かれていた。

長助の衣装は新しい物ではなかったが、こざっぱりした男物だった。女児の恰好だったので、およしが古着屋をまわって調達してきたのだ。

おさとも拉致されたときの着物のままだったので、すこし地味だがおよしの小袖や帯を借りて着替え、島田髷も結い直していた。顔のやつれもとれ、色白の頬がふっくらし、やさしげな表情をとりもどしている。

宗八郎と佐久も、羽織袴姿で二刀を帯びていた。髭と月代《さかやき》をあたり、さっぱりした顔をしていた。宗八郎たちはおさとと長助を連れて、これから西神田にある近藤家の屋敷へ行くのである。

宗八郎が藤堂に会ってから、七日経っていた。一昨日、近藤に仕える用人の原島が、安田屋に姿を見せ、「殿が、おさとさまと長助さまに会いたい、と仰せられているので、屋敷にお連れしていただけまいか」と、宗八郎に伝えたのだ。

おさとに話すと、「近藤さまに、お会いしたい」とすぐに応えた。

宗八郎は原島と相談し、二日後におさとと長助を連れて近藤家を訪ねることにした。今日が、その日である。

「さァ、駕籠に乗ってくれ」

宗八郎が、おさとと長助に声をかけた。

歩きでもよかったが、おさとの体調を考え、長助とおさとに駕籠を用意したのだ。

おさとは、徳兵衛、およし、おゆきの三人に何度も礼を言ってから、長助とともに駕籠に乗り込んだ。

おさとたちと近藤屋敷までいっしょに行くのは、宗八郎、佐久、平次の三人だった。宗八郎たち三人は警護役である。

宗八郎たちの一行は、神田川沿いの通りを湯島方面にむかった。平次が二挺の駕籠から一町ほど先を歩き、樹陰や通り沿いの店の陰などに目を配りながら歩いた。駕籠を狙う者がいないか探る役である。

一行は神田川にかかる昌平橋のたもとを過ぎ、湯島に入った。さらに、神田川沿いの道を水道橋方面にむかっていく。

神田川にかかる水道橋のたもと近くまで行くと、右手前方の武家屋敷の屋並の先に水戸屋敷の殿舎の甍《いらか》が見えてきた。

それからいっときして、平次が右手の通りに入った。通りの先に、近藤家の屋敷がある。

通り沿いには、大小の旗本屋敷がつづいていた。行き交う人々も、供連れの武士や旗本屋敷に仕える中間などが多く、町人の姿はあまり見られなかった。

先を行く平次が、武家屋敷の表門の脇で足をとめた。門番所付の豪壮な長屋門だった。近藤家の屋敷である。

宗八郎が門番の若党に、安田屋から来たことを伝えると、すぐに門をあけてくれた。すでに、原島から宗八郎たちが来ることを話してあったのだろう。

宗八郎はおさとと長助が駕籠から下りると、助八たちに酒代を渡して帰ってもらった。いつまでも、辻駕籠を近藤家の門前に待たせておくわけにはいかなかったし、おさとと長助はこのまま近藤家にとどまることも考えられたのだ。

「あっしも、駕籠といっしょに帰《けえ》りやす」

平次も屋敷内に入るのは遠慮し、助八たちといっしょに帰った。平次は、宗八郎たちといっしょに大身の旗本屋敷に入るのは気が引けたのだろう。

表門から入ると、原島と若党らしき男がふたり、玄関脇で待っていた。

「よう、御出《おい》で下された。殿も、お待ちでござる」

原島がおさとと長助、それに宗八郎たちを迎えた。

「こちらへ」

原島が、おさとや宗八郎たちを玄関から屋敷内へ招じ入れた。

宗八郎たちが腰を落ち着けたのは、玄関から奥に入った部屋だった。中庭に面した座敷で、あけられた障子の先に松や梅などの庭木が見えた。

書院造りの座敷ではなかった。上段の間もない。おそらく、長屋暮らしをしていたおさとと長助のことを考え、立派な客間でなく普通の座敷で迎えることにしたのだろう。

それでも、長助はおさとに身を寄せて座り、不安そうな目で部屋のなかや障子の間から見える庭に目をやっている。

宗八郎と佐久は、おさとと長助の両脇からすこし身を引いて座した。

「殿は、すぐに見えられます」

そう言い残し、原島は宗八郎たちを座敷に残して出ていった。

いっときすると、廊下を歩く足音がし、障子があいて、原島と四十がらみと思われる武士が姿を見せた。近藤らしい。

近藤は小紋の小袖に角帯というくつろいだ恰好をしていた。おさとと長助を迎えるために、あえてそうした恰好をしたにちがいない。

近藤は中背でほっそりしていた。体付きは華奢で武芸には縁がなさそうだが、切れ長の目には能吏らしいひかりが宿っていた。

近藤は長助とおさとを前にして座すと、

「長助、さと、しばらくだな」

と、目を細めて言った。

すると、長助が、

「父上……」

と、小声で言った。

長助は近藤と一度会ったことがあると言っていた。そのとき、おさとは長助に、父上、と呼ぶように教えたのだろう。

「長助、しばらく見ないうちに大きくなったな」

近藤の声には慈《いつく》しむようなひびきがあった。

「左内さま……」

おさとが涙声で言った。ふたりだけのときは、近藤のことを左内さまと呼んでいたのだろう。

「さと、難儀だったな。……ふたりが、どのような目に遭ったか聞いている。だがな、もう大丈夫だ。これからは、さとも長助も安心して暮らせるぞ」

近藤がやさしい声で言った。

宗八郎は、近藤と母子のやり取りを聞きながら、

……藤堂さまから、近藤さまに話があったようだ。

と、思った。

藤堂は、投文のことも近藤に話したのだろう。近藤は、おさとに何のわだかまりも持っていないようだ。

近藤はおさとと長助に声をかけた後、宗八郎と佐久に目をむけ、

「そこもとたちが、さとと長助を助けてくれたそうだな」

と、声をかけた。

「塚原宗八郎にございます」

宗八郎が名乗ると、

「佐久郷之助です」

かったのである。

と、つづいた。ふたりとも、身分は口にしなかった。牢人とも、影目付とも言えな

「そこもとたちのことは、原島から聞いている。……こうして、さとと長助と会える

のも、ふたりのお蔭だ。礼を言うぞ」

近藤が、声をあらためて言った。

つづいて口をひらく者がなく、座敷が静寂につつまれたとき、原島がふたりの女中を連れて姿を見せた。ふたりの女中は、茶菓を載せた盆を手にしている。

「殿、茶がはいりました」

原島が近藤に声をかけた後、ふたりの女中は、座敷にいた近藤や宗八郎たちに茶菓を出した。菓子は落雁《らくがん》である。

長助は膝先に置かれた落雁を見ると、チラッとおさとに目をやった。食べてもいいか、目で訊いたようだ。

これを見た近藤が、

「長助、食べるがいい」

と、口許に笑みを浮かべて言った。

長助は落雁を手にすると、嬉しそうな顔をして頬ばった。頑是《がんぜ》ない子供そのもので

ある。

近藤は長助に目をやりながら、

「さと、どうだ。この屋敷で、長助といっしょに暮らさないか」

と、静かな声で訊いた。

おさとは視線を膝先に落とし、

「わたしのような者が、このような立派なお屋敷で暮らせるでしょうか」

と、不安そうな顔をして訊いた。

「すぐに慣れる。……しばらく、暮らしてみるといい」

「は、はい」

おさとは、ちいさくうなずいた。

おそらく、おさとは屋敷に来る前から、近藤から屋敷で暮らすように話があると予想していたのだろう。心の内には、近藤のそばで親子いっしょに暮らしたいという強い思いがあったにちがいない。

宗八郎は茶をすすりながら、

……うまくいきそうだ。

と、胸の内でつぶやいた。

おさとと長助にとって、近藤のそばで暮らすのが一番の幸せだろう、と宗八郎は思ったのである。

第六章　討手

1

　宗八郎は安田屋の二階の部屋で小袖とたっつけ袴に着替え、足袋を穿いた。闘いの身支度である。

　階段を下りると、佐久が待っていた。佐久も小袖にたっつけ袴だった。ふたりで、永田を討ちに三島町へ行くことになっていたのだ。

　帳場にいた徳兵衛が、

「弥之助のように、お上にお縄にしてもらうわけにはいかないのですか」

　心配そうな顔で、宗八郎に訊いた。

　安田屋の納屋にとじこめておいた弥之助は、甚八《じんぱち》という岡っ引きに引き渡し、その後、八丁堀《はっちょうぼり》の同心が捕縛《ほばく》した。弥之助の咎は博奕である。あえて、黒川とのかかわりは甚八に伝えなかった。すでに、おさとは長助とともに近藤家で暮らしており、町方の詮議を受けないで済むように配慮したのである。

甚八は平次の親分だった男で、いまでも平次は町方のかかわるような事件のおりに甚八に話すことがある。

「永田だけは、おれたちの手で斬らねばなるまい」

宗八郎は、永田を斬らないことには始末がつかないと思っていたのだ。

「そうですか。……ふたりとも、無事で帰ってきてくださいよ」

徳兵衛は、宗八郎と佐久に目をやって言った。永田が剣術の道場主だったので、徳兵衛は心配したらしい。

宗八郎は草鞋《わらじ》を履き、大刀だけを腰に帯びた。永田との闘いに、小刀はいらないとみたのである。

「さて、出かけるか」

宗八郎は佐久に声をかけ、ふたりで戸口から出た。

八ツ半（午後三時）ごろだが、夕暮れ時のように薄暗かった。曇天のせいである。風のない日で、見慣れた景色も何となく重苦しいように感じられる。

神田川沿いの道を行き来するひとの姿は、いつもよりすくなかった。雨が降りそうな空模様のせいか、道行く人は足早に通り過ぎていく。

「永田は、道場にいるかな」

佐久が歩きながら訊いた。

「いるはずだ。……平次が、知らせに来ないからな」

今朝、宗八郎は、安田屋に顔を見せた平次に三島町の道場の見張りを頼み、永田がいなければ知らせに来てくれと頼んであった。その平次が、安田屋にもどって来ないので、永田は道場にいるとみていい。

「塚原、どうしてもひとりでやるのか」

佐久が念を押すように訊いた。

「おれが、後れをとるようなら助太刀してくれ」

宗八郎は、永田の遣う神道無念流と立ち合ってみたいと思っていた。ただ、後れをとるようなら、佐久に助太刀してもらいたかった。剣の勝負にこだわって、むざむざ斬られたくはない。

「承知した」

佐久が語気を強くして言った。

そんなやり取りをしながら、ふたりは神田川にかかる和泉橋を渡って柳原通りに出た。いつもは賑やかな柳原通りも、人影はまばらだった。通り沿いに並んでいる古着を売る床店にたかっている客もすくないようだ。

ふたりは柳原通りを筋違御門の方へいっとき歩いてから、左手の通りへ入った。その通りを南にむかえば三島町に出られる。

三島町へ入ってしばらく歩くと、前方に見覚えのある春米屋が見えてきた。店の前の大きな造りの家屋が、永田道場である。

「この辺りに、平次がいるはずだがな」

宗八郎は、路傍に足をとめて通り沿いに目をやった。

そのとき、春米屋から三軒手前の八百屋の脇から平次が姿を見せ、宗八郎たちの方へ走ってきた。

「どうだ、永田はいるか」

すぐに、宗八郎が訊いた。

「い、いやす。……ですが、永田ひとりじゃァねえ」

平次が息を弾ませて言った。

「女房がいっしょなのだな」

永田は、道場の裏手の母屋にお峰という女房といっしょに暮らしているはずだった。

「女房の他に、倉方がいやす」

平次が言った。

「倉方が、いっしょだと」

宗八郎が、聞き返した。

「へい、一刻（二時間）ほど前《めえ》に、倉方が姿を見せやしてね。道場の裏手の母屋に入ったんでさァ」

平次によると、倉方はまだ出て来ないので、母屋にいるはずだという。

そのとき、宗八郎と平次のやり取りを聞いていた佐久が、

「倉方は、おれがやろう」

と、目をひからせて言った。

「佐久に頼むか」

宗八郎は、佐久なら倉方に後れをとることはないとみた。ただ、佐久が倉方と闘うことになれば、助太刀は頼めない。

……おれの手で、永田を討つしかないな。

宗八郎は顔をひきしめた。

「やつらが、出てくるのを待ちやすか」

平次が宗八郎と佐久に目をむけて訊いた。

「いや、母屋の前に引き出そう」

以前来たとき、宗八郎は母屋の前に庭があるのを見ていた。立ち合いをするだけのひろさもあった。庭といっても、ただの平地である。ただ、踏み固められているので、足場は悪くないだろう。

「いくぞ」

宗八郎が先にたった。

宗八郎たち三人は、道場の脇を通って裏手にまわった。母屋の近くまで来ると、宗八郎は足をとめて母屋に目をやった。佐久と平次も、宗八郎の脇に来て母屋に目をむけている。

戸口の引き戸は、あいたままになっていた。かすかに話し声が聞こえた。男の声である。永田と倉方が、話しているようだ。

「平次、ここにいてくれ」

宗八郎が言った。

「へい」

平次は厳しい顔でうなずいた。

宗八郎と佐久は立ち合いのできる身支度で来ていたので、刀の目釘《めくぎ》だけを確かめた。

「佐久、いくぞ」

宗八郎が声をかけた。

「おお！」

ふたりは、ゆっくりとした足取りで母屋の戸口にむかった。

2

宗八郎と佐久は、母屋の戸口に立った。引き戸はあいたままなので、家のなかを見ることができた。

家のなかは、薄暗かった。土間の先の座敷で、武士がふたり胡座をかいているのが見えた。ひとりは大柄、もうひとりはずんぐりした体軀である。ふたりの体付きから、永田と倉方であることが知れた。

宗八郎と佐久は、戸口に近寄った。すると、座敷にいた永田と倉方が話をやめて、戸口の方へ顔をむけた。宗八郎たちの足音が聞こえたのだろう。

宗八郎たちは、戸口の前で足をとめた。

「なにやつ!」

永田が声を上げ、手にしていた湯飲みを置いて立ち上がった。倉方とふたりで、茶を飲んでいたらしい。

倉方は膝脇に置いてあった刀を手にし、

「塚原と佐久だぞ!」

と言って、立ち上がった。

永田も、部屋の隅の刀掛けの大刀を手にした。

「永田、倉方、出てこい!」

宗八郎が声をかけた。

永田と倉方は顔を見合ったが、

「ふたりだけか」

と、永田が語気を強くして訊いた。

「ふたりだけだ。おぬしたちを討つために来た」

宗八郎が言うと、

「表に出ろ！」

と、佐久が声を上げた。

「返り討ちにしてくれるわ！」

永田は大刀を引っ提げて、土間に近付いてきた。

倉方は顔をこわばらせていたが、無言のまま永田につづいた。

そのとき、永田たちのいた座敷の奥で、「おまえさん、どうしたんです」と女の声が聞こえた。永田の妻のお峰らしい。

「すぐに、もどる。おまえは、ここで待っていろ」

そう言い置き、永田は土間に下りた。

宗八郎は、永田と倉方が戸口から外へ出るのを待って、

「永田、おれが相手だ」

と声をかけ、永田と対峙するように立った。

「よかろう」

永田は、ゆっくりとした足取りで宗八郎の前に歩を寄せた。

一方、佐久は倉方の前に出て、相対した。

宗八郎と永田の間合はおよそ四間——。ふたりは、まだ刀を抜いていなかった。両腕を脇に下げたままである。

「永田、立ち合う前に聞いておきたいことがある」

宗八郎が永田を見すえて言った。

「なんだ」

「おぬしほどの腕がありながら、なにゆえ、おさとどのだけでなく、長助まで攫おうとしたのだ」

宗八郎が訊いた。

「金だ」

ぼそり、と永田が言い、左手で刀の鍔元《つばもと》を握って鯉口《こいぐち》を切った。

「その金は、大久保が出したのだな」

「そうだ」

永田は隠さなかった。もっとも、ここまで来れば、隠しても無駄だと思ったのかもしれない。

「おぬしと大久保は、練兵館で同門だったのだな」

「よく知っているな」

永田が驚いたような顔をした。そこまで、宗八郎たちにつかまれていたとは思わなかったのだろう。

「大久保が、おぬしに手を貸せと持ちかけたのか」

さらに、宗八郎が訊いた。

「どちらだったかな。……いっしょに酒を飲んだときに話が出て、手を貸すことにしたのだ」

永田はゆっくりとした動作で抜刀すると、

「よく探ったが、ここでおぬしの口をふさげば、何の甲斐もないぞ」

そう言って、剣尖を宗八郎にむけた。

「おれの口が、ふさげるかな」

宗八郎も抜刀した。

そして、青眼に構えると、剣尖を永田の目につけた。

対する永田は、青眼から刀身を下げて下段に構えた。下段といっても、刀身は高く、切っ先が宗八郎の下腹あたりにむけられている。神田川沿いの道で、闘ったときと同じ構えである。

ふたりの間合はおよそ三間半――。まだ、一足一刀の間境の外である。

永田の構えは、隙がなかった。腰が据わり、ゆったりと構えている。大柄な体が、さらに大きくなったように見え、巨岩が迫ってくるような威圧感があった。

……この構えは、くずせない！

と、宗八郎は思った。

永田の構えには、力みがなかった。それでいて、全身に気魄《きはく》がこもり、いまにも斬り込んできそうな斬撃の気配がある。

宗八郎は気を静めた。永田の構えをくずそうとして力むと、かえって反応がにぶくなって永田の斬撃を受けられなくなるのだ。

宗八郎は動かなかった。遠山の目付で永田の全身を見つめ、永田の気の動きを読んでいる。

対する永田も、動かなかった。全身に気勢を込め、切っ先に斬撃の気配を見せて気魄で攻めている。

3

このとき、佐久と倉方は、三間ほどの間合をとって対峙していた。

佐久は長刀を脇構えにとっていた。柳剛流独特の脛を斬る構えである。薄闇のなかで、三尺はあろうかという長刀が、にぶい銀色《しろがねいろ》にひかっている。

佐久の遣う長刀は、柳剛流のそれとちがって両刃ではなかった。したがって、横に払った初太刀をそのまま返して、敵を斬ることはできない。ただ、二の太刀をどう変化させるか、敵に読ませない利点がある。

対する倉方は、青眼に構えていた。やや低い構えで、剣尖が佐久の胸の辺りにむけられている。

倉方は、佐久の脛を斬る太刀に応じようとして刀身を低く構えていた。倉方は、神田川沿いの道で、佐久の構えを目にしていた。おそらく、佐久が柳剛流を遣うことは分かっているのだろう。

ふたりはいっとき、対峙したまま睨み合っていたが、

「いくぞ！」

佐久が声をかけ、先に動いた。

足裏を摺るようにして、ジリジリと間合をせばめていく。巨漢とあいまって、下から突き上げてくるような威圧感があった。

対する倉方は動かなかった。全身に気勢を込め、斬撃の気配を見せて気魄で攻めている。

だが、倉方の腰がすこしずつ浮いてきた。巨漢の佐久に威圧されて、気が乱れている。

倉方は後じさった。佐久の胸の辺りにむけられた切っ先が、小刻みに震えている。倉方の気が乱れ、両肩に力が入って両腕がかすかに震えているのだ。

佐久は寄り身を速めた。その寄り身に応じて、倉方の引き足も速くなった。ふたりは三間ほどの間合をとったまま前後に動いた。

ふいに、倉方の動きがとまった。踵が庭の隅に植えられた柿の根元に迫っている。

倉方は脇にまわれば、さらに身を引くことができたが、それをしなかった。脇にまわろうとすれば、その一瞬の動きを佐久がとらえ、刀身を横に払ってくる、と倉方は察知したのであろう。

佐久は寄り身をとめなかった。一気に、倉方との間合がせばまってきた。

佐久が一足一刀の間境を越えようとした瞬間、倉方が先《せん》をとった。

倉方の全身に斬撃の気がはしり、体が躍った。

ヤアッ！

倉方が短い気合を発し、踏み込みざま袈裟に斬り込んだ。

刹那、佐久が長刀を横に払った。柳剛流の脛払いの太刀である。唸りを上げ、佐久の長刀が倉方の脛を襲う。

バサッ、と倉方の袴が横に裂けた。

次の瞬間、倉方の切っ先が佐久の胸をかすめて空を切った。

一瞬の攻防である。

倉方はよろめきながら右手に逃れ、柿の木の脇へまわった。倉方の袴が横に裂け、あらわになった左足の脛から血がほとばしり出ている。見る間に、倉方の左足が赤く染まっていく。

だが、倉方は両足で地面に立っていた。左足も骨を截断《せつだん》されるほどの深い傷ではないようだ。

「お、おのれ！」

倉方が、目をつり上げて叫んだ。

佐久にむけられた倉方の切っ先が、小刻みに震えていた。気の昂りと恐怖で、体が顫えているのだ。

「刀を捨てろ！　勝負、あった！」

佐久は、倉方の前にまわり込んで声を上げた。

「まだだ!」

叫びざま、いきなり倉方が踏み込んできた。

タアリャッ!

甲走《かんばし》った気合を発し、刀を振り上げざま真っ向へ——。だが、鋭さも迅さもない斬撃だった。

佐久は左手に踏み込んで倉方の斬撃をかわすと、脇構えから逆袈裟に斬り上げた。脛ではなく、倉方の首を狙ったのである。

閃光が逆袈裟にはしった瞬間、にぶい骨音がし、倉方の首が横にかしいだ。次の瞬間、倉方の首筋から、血が驟雨《しゅうう》のように飛び散った。

倉方は、血を撒きながらよろめいた。すぐに、倉方は地面から出ていた石に爪先をとられ、前のめりに転倒した。

地面に仰向けに倒れた倉方は四肢を痙攣《けいれん》させていたが、ほとんど動かなくなった。呻き声も喘鳴も聞こえない。すでに絶命したようである。首筋から流れ出た血が、倉方の体をつつむように赤くひろがっていく。

佐久は倒れている倉方のそばに歩み寄り、横たわっている倉方に目をやった。そして、倉方が息絶えているのをみてとると、宗八郎と永田に目をむけた。

宗八郎と永田の勝負はつづいていた。

すでに、ふたりは一合していた。宗八郎の着物の左の脇腹が横に切れていた。一方、永田の右袖も裂けている。ふたりとも着物が裂けただけで、血の色はなかった。

ふたりの間合は、およそ三間半――。

宗八郎は青眼に構え、剣尖を永田の目につけていた。

永田の構えは下段――。切っ先が、宗八郎の下腹あたりにむけられている。

ふたりは対峙したまま動かなかった。そこへ、佐久が走り寄った。

宗八郎は目の端で佐久をとらえると、

「佐久、手を出すな」

と、声をかけた。

宗八郎の双眸が、切っ先のような鋭いひかりを宿していた。いまは、助太刀はいらなかった。宗八郎は永田との闘いに己のすべてを賭けている。

永田も闘いに没頭し、佐久に視線をむけなかった。

……先《せん》をとらねば、斬れぬ。

と、宗八郎は察知した。

ふたりは一合していたが、そのとき宗八郎は永田が仕掛けた瞬間をとらえ、青眼から振り上げざま袈裟に斬り込んだ。

一方、永田も下段からわずかに刀身を引きざま、逆袈裟に斬り上げていた。永田の斬撃は神速だった。斬撃の起こりが宗八郎より一瞬後れたが、それでも永田の切っ先は、宗八郎のそれとほぼ同時に相手にとどいていた。

そして、宗八郎の切っ先が永田の右袖をとらえ、永田のそれは、宗八郎の脇腹を斬り裂いたのである。

だが、ふたりの斬撃は浅く、お互いに相手の着物を切り裂いただけで終わっていた。

「次は、素《そ》っ首《くび》、斬り落としてくれる」

言いざま、永田が趾《あしゆび》を這うように動かし、ジリジリと間合をせばめてきた。

一方、宗八郎は動かなかった。気を静めて、ふたりの間合と永田の気の動きを読んでいる。

ふたりの間合がせばまるにつれ、永田の全身から痺れるような剣気がはなたれ、斬撃の気配が高まってきた。

宗八郎は遠山の目付で永田の全身を見ながら、気の動きを読んでいる。

ふいに、永田の寄り身がとまった。

……まだ、遠い！

宗八郎は、斬撃の間境の一歩手前と読んだ。

と、永田の大柄な体が、さらに膨らんだように見え、宗八郎の下腹辺りにむけられた切っ先が、ピクッ、と動いた。

……くる！

と察知した宗八郎は、踏み込みざま斬り込んだ。

袈裟へ――。

稲妻のような斬撃だった。

間髪をいれず、永田も斬り込んだ。下段から逆袈裟へ――。

袈裟と逆袈裟。二筋の閃光がはしり、ふたりの眼前で交差した。

次の瞬間、永田の右腕から血が噴いた。宗八郎の切っ先が、右腕をとらえたのである。

一方、永田の切っ先は、宗八郎の左袖をかすめて空を切った。

……先《せん》をとった！

宗八郎は、胸の内で叫んだ。

宗八郎は永田の気の動きを読み、永田が斬り込む一瞬前に斬り込んでいたのだ。

ふたりは背後に跳んで間合をとると、ふたたび青眼と下段に構え合った。

永田の右の前腕から血が噴き、赤い筋を引いて流れ落ちていた。骨を断つほどの深手ではなかったが、出血は激しかった。右腕は自在に動かないようだ。筋を截断したのかもしれない。

永田の顔がゆがんだ。下段に構えた刀身が、激しく震えている。柄をつかんでいる右手が震えているのだ。

「永田、これまでだ。刀を引け！」

宗八郎が強い声で言った。

永田は低い唸り声を上げたが、何も言わなかった。憤怒に顔をゆがめ、両眼を瞠き、歯を剝き出している。夜叉《やしゃ》のような形相である。

突如、永田が、
オオリャッ！

と、獣の咆哮《ほうこう》のような叫び声を上げて斬り込んできた。

振りかぶりざま、真っ向へ――。

だが、右腕の傷もあり、斬撃の鋭さはなかった。太刀筋もまがっている。

宗八郎は右手に踏み込みざま、刀身を横に払った。一瞬の太刀捌きである。

重い手応えがあり、永田の上体が前にかしいだ。宗八郎の一颯《いっさつ》が、永田の腹を斬り裂いたのだ。

永田が前によろめいた。着物の腹が横に裂けて臓腑《ぞうふ》が溢れ、血が流れ出ている。

永田は足をとめ、震える右手で腹を押さえて立つと、

オオオッ！

と、絶叫を上げ、左手に持った刀を首筋に当てて引き斬った。

首から血飛沫《ちしぶき》が飛び散り、永田の顔や上半身を真っ赤に染めていく。永田はすぐに倒れなかった。血を撒き散らしながら、つっ立っている。

凄まじい形相だった。血塗《ちまみ》れになった顔面から、カッと瞠いた両眼が白く飛び出したように見えた。

永田は悲鳴も呻き声も上げずにつっ立っていたが、腰が大きく揺れた後、朽ち木のようにドウと倒れた。

仰向けに倒れた永田は、動かなかった。空を睨むように瞠目《どうもく》したまま、血達磨《ちだるま》になって横たわっている。

その死体を、夕闇がつつんでいた。辺りに血の濃臭がただよっている。

宗八郎は永田の脇に立つと、

「終わったな」

とつぶやき、血振《ちぶ》り（刀身を振って血を切る）をくれると、ゆっくりと納刀した。

佐久と平次が駆け寄ってきた。

「塚原、みごとだ！」

佐久が感嘆の声を上げた。

「なんとか、斬られずに済んだよ」

宗八郎の本心だった。一歩間違えば、血塗れになって倒れていたのは自分だったのである。

そのとき、戸口の近くで足音がし、「おまえさん、どうしたんです」という女の声が聞こえた。お峰らしい。

「引き上げよう」

宗八郎たちは、急いでその場から離れた。

道場の脇まで行ったとき、背後で、お峰の喉を裂くような悲鳴がひびいた。

4

「さァ、グッとやってください」

徳兵衛が銚子をとって、佐久に酒を勧めた。

「そ、そうか……」

佐久は手にした杯を飲み干した。顔が赭黒く染まっている。

徳兵衛は佐久に酒をついでやると、体を宗八郎にむけ、

「塚原の旦那も、グッと――」

と言って、銚子を差し出した。

「おお」

宗八郎は、一気に杯をかたむけた。酒に強い宗八郎は、まだ顔色も変わっていなかった。

安田屋に近い小料理屋、つるやの小座敷に、宗八郎、佐久、平次、それに徳兵衛の姿もあった。めずらしく、徳兵衛が、

「すっかり、事件は片付きました。みなさんに、お渡しする物もありますので、つる

やさんで一杯やりませんか」

と言って、宗八郎たちを誘ったのである。

おふくは、さっきまで小座敷にいて宗八郎たちの相手をしていたのだが、数人の客が入ってきて小上がりに腰を下ろしたのを見て、

「すぐに、もどりますから」

と言い残し、小座敷を出ていったのだ。

宗八郎は徳兵衛についでもらった酒を飲み干してから、

「ところで、徳兵衛、渡す物とはなんだ」

と、声をひそめて訊いた。

佐久と平次の顔が、徳兵衛にむけられている。

「金子ですよ」

徳兵衛が声をひそめて言った。

「金子だと」

佐久が膝を乗り出してきた。

「昨日、原島さまがみえたのをご存じですか」

「知っている」

宗八郎が、下谷の御徒町にある塚原家から安田屋にもどったとき、戸口で店を出る原島と顔を合わせた。

そのとき、原島は宗八郎に、「塚原どのがお見えにならなかったので、徳兵衛さんに話しておきました」と言い残して、帰っていったのだ。

徳兵衛は佐久と平次に目をやり、

「原島さまが、このようにうまく始末がつきましたのも、駆込み宿のみなさんのお蔭です、これは、近藤さまからのお礼です、そうおっしゃられましてね。百両を置いていかれたのです」

そう言って、満面に笑みを浮かべた。

「百両！」

平次が目を瞠いた。

「静かに！」

慌てて、徳兵衛が言った。小上がりにいる客たちに、聞かせたくないようだ。

「……ありがたい。しばらく、金の心配はせずにすむぞ」

佐久が相好をくずし、声をひそめて言った。赭黒く染まった顔が、てかてかとひかっている。

「ここに、持ってきました」

徳兵衛は袱紗包みを手にすると、小上がりとの間を仕切ってある障子に目をやった。小上がりに入った客が、障子の隙間から見ていないか気にしたらしい。

「声を出さないようにしてくださいよ」

徳兵衛は念を押すように言って、袱紗包みをひらいた。この前と同じように、切り餅が四つ包んであった。

「また、四人で切り餅をひとつずつ。ひとり二十五両ということで、お分けしたいんですが、よろしいですかな」

徳兵衛が小声で訊いた。

「いい、いい」

平次が目を瞠き、声を殺して言った。

「おれも、いいぞ」

佐久が言い、宗八郎もうなずいた。

「では、お分けします。……落とさないで下さいよ。なにせ、大金ですから」

そう言って、徳兵衛は宗八郎たち三人の膝先に、切り餅をひとつずつ置いた。

「ありがてえ」

平次が大事そうに切り餅を巾着にしまった。

宗八郎と佐久も、財布に入れた。だいぶ膨らんだが、かえって落とさずに済むかもしれない。

「ところで、徳兵衛。……原島どのは、おさとどのと長助のことで何か話していったのではないのか」

宗八郎が訊いた。

「はい、話していかれました。……おふたりとも、屋敷に入った当初は気を使ってあてがわれた部屋から出ないようにしていたそうですが、ちかごろは慣れてきて、長助さまなどは、庭で遊ぶこともあるそうですよ」

徳兵衛は、長助さまと呼んだ。いずれ、長助が大身の旗本の跡を継ぐことになるとの思いがあるのだろう。

「それは、よかった」

宗八郎はつぶやいて、手酌で杯に酒をついだ。まだ、飲み足りなかったのである。

おさとと長助が近藤家に入って、一月半ほど過ぎていた。ふたりとも、近藤家の暮らしに馴染んできたようである。

「近藤家には、正室の佳乃さまと長女の八重さまがいると聞いているが、ふたりはどうなるのだ」

佐久が表情をひきしめて訊いた。平次も顔の笑みを消して、徳兵衛に目をむけている。

「おふたりのことは、原島さまもお話しになりませんでした」

そう言って、徳兵衛が視線を膝先に落とした。

「佳乃どのと八重どののことは、おれが聞いているぞ」

宗八郎が杯を手にしたまま言った。

実は、宗八郎が塚原家に帰ったのは倅の浜之助に、その後、大久保や川島がどうなったか、聞くためだった。

藤堂は堀や浜之助などの御徒目付たちに命じて、近藤家に疵《きず》がつかないよう、慎重に大久保や川島の悪事を探っていたのだ。

「倅の浜之助から聞いたのだがな。佳乃どのと八重どのは、これまでと変わりなく近藤家で暮らしているらしい。……ただ、佳乃どのは、尼寺に入られるのではないかと奉公人たちの間ではささやかれているそうだ。……可哀そうだが、佳乃どのは屋敷にいても居場所がないのだろうな」

「そうだな」

佐久がけわしい顔をしてうなずいた。

次に口をひらく者がなく、座敷は重苦しい雰囲気につつまれていたが、

「ところで、大久保さまと川島さまはどうなりました」

と、徳兵衛が訊いた。

「まだ、公儀からの沙汰はないらしいが、ふたりとも切腹はまちがいないだろう」

宗八郎は、浜之助から耳にしたのだが、藤堂が、大久保と川島は切腹にまちがいないと話していたという。

おさとを攫ったこともあるが、その後の堀や浜之助たちの調べで、大久保や川島も黒川屋敷でひらかれていた博奕に顔を出していたことが分かったらしいのだ。旗本が屋敷内で博奕に興じていたことが知れれば、切腹はまぬがれないだろう。

「仕方がないな」

佐久は銚子を手にすると、「まァ、飲め」と言って、宗八郎の杯についだ。

「うむ……」

宗八郎は、杯をゆっくりとかたむけた。だいぶ、酔いが体にまわってきた。

それから、小半刻（三十分）ほどしたときに障子があいて、おふくが顔を出した。

「ごめんなさいね。今日は、お客さんが多くて……」

おふくは、徳兵衛の脇に膝をつき、銚子をとった。小上がりの客について酒を飲んだらしく、小座敷を出ていったときより、おふくの顔が朱に染まっていた。

「商売繁盛、結構なことですよ」

徳兵衛は、目を細くして杯を差しむけた。

「あら、もう、飲めませんよ」

そう言いながらも、おふくは杯を差し出した。

おふくは、杯の酒を飲み干すと、宗八郎の脇に膝を寄せ、

「一杯、どうぞ、塚原の旦那……」

と甘い声で言って、銚子を差し出した。

宗八郎は、おふくが膝先を自分の太股《ふともも》に押しつけているのを意識しながら、

「そうか、そうか……」

と言って、目を細めて酒を受けた。おふくの生暖かい息が宗八郎の首筋にかかって、むず痒《がゆ》い。

宗八郎はおふくの膝に手を載せ、

……極楽、極楽——。懐は暖かいし、酒で体も暖かい。おまけに、おふくの膝まで暖《あ》ったかい。

胸の内で唄うようにつぶやきながら、ゆっくりと杯をかたむけた。

（了）

本書は文庫書下ろし作品です。

|著者| 鳥羽 亮　1946年生まれ。埼玉大学教育学部卒業。'90年『剣の道殺人事件』で第36回江戸川乱歩賞を受賞。著書に「はぐれ長屋の用心棒」シリーズ、「火盗改鬼与力」シリーズ、「八丁堀剣客同心」シリーズ、「首斬り雲十郎」シリーズ、「剣客春秋」シリーズのほか、『警視庁捜査一課南平班』『鬼剣　影与力嵐八九郎』『疾風剣谺返し　深川狼虎伝』『修羅剣雷斬り　深川狼虎伝』『狼虎血闘　深川狼虎伝』(以上、講談社文庫) など多数ある。

御隠居剣法《ごいんきょけんぽう》　駆込《かけこ》み宿《やど》　影始末《かげしまつ》㈠

鳥羽《とば》 亮《りょう》

講談社文庫

定価はカバーに
表示してあります

2015年2月13日第1刷発行

発行者——鈴木　哲
発行所——株式会社　講談社
東京都文京区音羽2-12-21　〒112-8001
電話　出版部 (03) 5395-3510
　　　販売部 (03) 5395-5817
　　　業務部 (03) 5395-3615

Printed in Japan

デザイン—菊地信義
本文データ制作—講談社デジタル製作部
印刷———株式会社廣済堂
製本———株式会社国宝社

ISBN978-4-06-293029-1

講談社文庫刊行の辞

二十一世紀の到来を目睫に望みながら、われわれはいま、人類史上かつて例を見ない巨大な転換期をむかえようとしている。

世界も、日本も、激動の予兆に対する期待とおののきを内に蔵して、未知の時代に歩み入ろうとしている。このときにあたり、創業の人野間清治の「ナショナル・エデュケイター」への志を現代に甦らせようと意図して、われわれはここに古今の文芸作品はいうまでもなく、ひろく人文・社会・自然の諸科学から東西の名著を網羅する、新しい綜合文庫の発刊を決意した。

激動の転換期はまた断絶の時代である。われわれは戦後二十五年間の出版文化のありかたへの深い反省をこめて、この断絶の時代にあえて人間的な持続を求めようとする。いたずらに浮薄な商業主義のあだ花を追い求めることなく、長期にわたって良書に生命をあたえようとつとめるところにしか、今後の出版文化の真の繁栄はあり得ないと信じるからである。

同時にわれわれはこの綜合文庫の刊行を通じて、人文・社会・自然の諸科学が、結局人間の学にほかならないことを立証しようと願っている。かつて知識とは、「汝自身を知る」ことにつきていた。現代社会の瑣末な情報の氾濫のなかから、力強い知識の源泉を掘り起し、技術文明のただなかに、生きた人間の姿を復活させること。それこそわれわれの切なる希求である。

われわれは権威に盲従せず、俗流に媚びることなく、渾然一体となって日本の「草の根」をかたちづくる若く新しい世代の人々に、心をこめてこの新しい綜合文庫をおくり届けたい。それは知識の泉であるとともに感受性のふるさとであり、もっとも有機的に組織され、社会に開かれた万人のための大学をめざしている。大方の支援と協力を衷心より切望してやまない。

一九七一年七月

野間省一

講談社文庫 最新刊

大山淳子　猫弁と少女探偵
少女と一緒に失踪した三毛猫を探す百瀬に、婚約者を狙うライバル出現。大佳境の第4弾！

薬丸　岳　ハードラック
社会から堕《お》ちた青年に着せられた放火殺人の罪。読む者すべてを裏切る慟哭の真相とは。

風野真知雄　隠密　味見方同心(一)〈くじらの姿焼き騒動〉
美味の傍には悪がある。腕利き同心・波之進が江戸の食を斬る！　書下ろし新シリーズ。

鳥羽　亮　御隠居剣法〈駆込み宿　影始末(一)〉
大金を持って現れた男児を元御家人と仲間たちが助ける。痛快、剣豪ミステリ。書下ろし。

安藤祐介　おい！　山田〈大翔製菓広報宣伝部〉
製菓会社の若手山田助《たすく》は異動先で「ゆるキャラ」に任命され、新製品の販売に奔走するが。

朱野帰子《かえるこ》　駅　物　語
厳しい業務の中、人を助け人に助けられながら成長していく若手駅員たちを描いた感動作。

楡　周平　修羅の宴(上)(下)
高卒銀行マンが手を出した禁断の錬金術。バブルという激動期、野望の果てに見たものは。

西村京太郎　新装版　天使の傷痕
「天使」とは、いったい誰なのか？　犯人か、被害者か、それとも？　第11回乱歩賞受賞作。

木下半太　サバイバー
全崩壊した廃墟・東京を彷徨《さまよ》う者。初めて生きる意味を考える。これは神のリセットか？

樋口卓治　ボクの妻と結婚してください。
余命6ヵ月の修治。人生最後の仕事は妻の最高の結婚相手を探すこと。笑い泣きの家族小説。

講談社文庫 最新刊

酒井順子
もう、忘れたの？
記憶力の塩梅《あんばい》ができてこそ大人なの？ 震災直後からのあれこれを綴る、人気連載第7弾。

金澤信幸
サランラップのサランって何？
〈誰かに話したくてしかたなくなる〝あの名前〟の意外な由来〉
「なぜ、そんな名前になったの？」まさかのネーミングの由来を大公開！〈文庫書下ろし〉

青山七恵
わたしの彼氏
美男なのに女難続きの鮎太朗。恋は理不尽。恋は不条理。〝型破り〟な恋愛文学、誕生♪

西川　司
向日葵《ひまわり》のかっちゃん
みじめな毎日に負けそうになっていたボクに奇跡を起こした、出会いと成長の感動物語。

竹内玲子
永遠に生きる犬
〈ニューヨーク　チョビ物語〉
愛犬チョビとの出会いから別れまでを、笑いと涙で綴った珠玉の一冊。〈文庫書下ろし〉

堀田純司
僕とツンデレとハイデガー
〈ヴェルシオン　アドレサンス〉
不安の時代を生きる「僕」を導く西洋哲学者の化身たる美少女たち。萌える哲学入門文庫版。

ラズウェル細木
う　竹の巻・梅の巻
天然うなぎの味や香りを確かめるのが使命!? 生きる気力が湧くパワフルな口福コミック。

ジェフリー・ディーヴァー他 著
北沢あかね 訳
死者は眠らず
美術館で起きた惨殺事件の、意外過ぎる結末。全米人気作家26人による、豪華リレー小説！

ヤンソン(絵)
ムーミン　ノート
ムーミン出版70周年の2015年、ムーミンの絵がいっぱいのノートができました。

講談社文芸文庫

太宰 治

男性作家が選ぶ太宰治

奥泉光・佐伯一麦・高橋源一郎・中村文則・堀江敏幸・町田康・松浦寿輝。
七人の男性作家がそれぞれの視点で選ぶ、他に類を見ない太宰短篇選集。

年譜=講談社文芸文庫

たAK1
978-4-06-290258-8

太宰 治

女性作家が選ぶ太宰治

江國香織・角田光代・川上弘美・川上未映子・桐野夏生・松浦理英子・山田詠美。
七人の女性作家がそれぞれの感性で選ぶ、未だかつてない太宰短篇選集。

著書目録=柿谷浩一

たAK2
978-4-06-290259-5

野田宇太郎

新東京文学散歩 上野から麻布まで

東京——そこは近代文学史上に名を刻んだ主だった作家たちの私生活の場がある。
近代文学の真実を捜して文学者と土地と作品に触れる、文学好きの為の文学案内。

解説=坂崎重盛　挿画=織田一磨

のG1
978-4-06-290260-1

日本文藝家協会編

現代小説クロニクル1985〜1989

現代文学は四〇年間で如何なる変貌を遂げたのか——。時代を象徴する名作シリーズ
第三弾。村上春樹・島田雅彦・津島佑子・村田喜代子・池澤夏樹・宇野千代・佐藤泰志。

解説=川村湊

にC3
978-4-06-290261-8

辻原　登　円朝芝居噺　夫婦幽霊
辻村深月　冷たい校舎の時は止まる(上)(下)
辻村深月　子どもたちは夜と遊ぶ(上)(下)
辻村深月　凍りのくじら
辻村深月　ぼくのメジャースプーン
辻村深月　スロウハイツの神様(上)(下)
辻村深月　名前探しの放課後(上)(下)
辻村深月　ロードムービー
辻村深月　ゼロ、ハチ、ゼロ、ナナ。
辻村深月　V.T.R.
辻村深月　光待つ場所へ
新川直司 漫画 辻村深月 原作　コミック 冷たい校舎の時は止まる(上)(下)
常光　徹　学校の怪談
常光　徹　学校の怪談〈K峠のうわさ〉
常光　徹　学校の怪談〈百円のビデオ〉
坪内祐三　ストリートワイズ
津村記久子　ポトスライムの舟
津村記久子　カソウスキの行方
恒川光太郎　竜が最後に帰る場所
出久根達郎　佃島ふたり書房
出久根達郎　たとえばの楽しみ
出久根達郎　おんな飛脚人
出久根達郎　世直し大明神〈おんな飛脚人〉
出久根達郎　御書物同心日記
出久根達郎　続　御書物同心日記
出久根達郎　御書物同心日記　虫姫
出久根達郎　土龍《もぐら》
出久根達郎　俥《くるま》宿《やど》
出久根達郎　二十歳のあとさき
出久根達郎　逢わばや見ばや　完結編
出久根達郎　作家の値段
フランソワ・デュボワ　太極拳が教えてくれた人生の宝物〈中国・武当山90日間修行の記〉
土居良一　海翁伝
土居良一　修徳記〈直参松前八兵衛〉
ドウス昌代　イサム・ノグチ(上)(下)〈宿命の越境者〉
童門冬二　戦国武将の宣伝術〈隠された名将のコミュニケーション戦略〉
童門冬二　日本の復興者たち
童門冬二　夜明け前の女たち
童門冬二　改革者に学ぶ人生論〈江戸グローカルの偉人たち〉
童門冬二　〈幕末の明星〉佐久間象山
童門冬二　項羽と劉邦〈知と情の組織術〉
鳥井架南子　風の鍵《キー》
鳥羽　亮　警視庁捜査一課南平《なんぺい》班
鳥羽　亮　三鬼の剣
鳥羽　亮　広域指定127号事件〈警視庁捜査一課南平班〉
鳥羽　亮　刑《デ》事《カ》魂〈警視庁捜査一課南平班〉
鳥羽　亮　隠《おぬ》猿《ざる》の剣
鳥羽　亮　鱗光の剣〈深川群狼伝〉
鳥羽　亮　蛮骨の剣
鳥羽　亮　妖鬼の剣
鳥羽　亮　秘剣　鬼の骨
鳥羽　亮　浮舟の剣
鳥羽　亮　青江鬼丸夢想剣
鳥羽　亮　双つ龍〈青江鬼丸夢想剣〉
鳥羽　亮　吉宗謀殺〈青江鬼丸夢想剣〉
鳥羽　亮　風来の剣
鳥羽　亮　影笛の剣
鳥羽　亮　波之助推理日記

講談社文庫　目録

鳥羽　亮　からくり小僧〈波之助推理日記〉
鳥羽　亮　天狗の塒《ねぐら》〈波之助推理日記〉
鳥羽　亮　遠山桜〈影与力嵐八九郎〉
鳥羽　亮　浮世の果て〈影与力嵐八九郎〉
鳥羽　亮　鬼剣〈影与力嵐八九郎〉
鳥羽　亮　疾風《はやて》剣《けん》谺《こだま》返し〈深川狼虎伝〉
鳥羽　亮　修羅剣雷《いかずち》斬り〈深川狼虎伝〉
鳥羽　亮　狼《ろう》虎《こ》血《けっ》闘《とう》〈深川狼虎伝〉
鳥越　碧　一葉
鳥越　碧　漱石の妻
鳥越　碧　兄いもうと〈子規庵日記〉
鳥越　碧　花筏 谷崎潤一郎・松子 たゆたう記
東郷　隆　御町見役うずら伝右衛門(上)(下)
東郷　隆　御町見役うずら伝右衛門・町あるき
東郷　隆　銃士伝
東郷　隆　センゴク兄弟
東郷　隆　南天
東郷　隆　蛇の王〈ナーガ・ラージ〉(上)(下)
東郷　隆／上田　信　絵　【絵解き】戦国武士の合戦心得〈歴史・時代小説ファン必携〉
東郷　隆／上田　信　絵　【絵解き】雑兵足軽たちの戦い〈歴史・時代小説ファン必携〉
戸田郁子　ソウルは今日も快晴〈日韓結婚物語〉
とみなが貴和　EDGE《エッジ》
とみなが貴和　EDGE2〈三月の誘拐者〉
東嶋和子　メロンパンの真実
戸梶圭太　アウトオブチャンバラ
徳本栄一郎　メタル・トレーダー
東良美季　猫の神様
堂場瞬一　八月からの手紙
堂場瞬一　壊れる心〈警視庁犯罪被害者支援課〉
夏樹静子　そして誰かいなくなった
夏樹静子　新装版 二人の夫をもつ女
中井英夫　新装版 虚無への供物(上)(下)
中井英夫　新装版 とらんぷ譚I 幻想博物館
中井英夫　新装版 とらんぷ譚II 悪夢の骨牌《かるた》
中井英夫　新装版 とらんぷ譚III 人外境《にんがいきょう》通信
中井英夫　新装版 とらんぷ譚IV 真珠母《しんじゅも》の匣《はこ》
長井　彬　新装版 原子炉の蟹
長尾三郎　人は50歳で何をなすべきか
長尾三郎　週刊誌血風録
南里征典　軽井沢絶頂夫人
南里征典　情事の契約
南里征典　寝室の蜜猟者
南里征典　魔性の淑女牝
南里征典　秘宴の紋章
中島らも　しりとりえっせい
中島らも　今夜、すべてのバーで
中島らも　白いメリーさん
中島らも　寝ずの番
中島らも　さかだち日記
中島らも　バンド・オブ・ザ・ナイト
中島らも　休みの国
中島らも　異人伝 中島らものやり口
中島らも　空からぎろちん
中島らも　僕にはわからない
中島らも　中島らものたまらん人々
中島らも　エキゾティカ
中島らも　あの娘《こ》は石ころ

中島らも ロバに耳打ち
中島らも ロカ
中島らも編著 なにわのアホぢから
中島らもほか 輝きの一瞬〈短くて心に残る30編〉
中島らも チチ松村 らもチチ わたしの半生〈青春篇〉〈中年篇〉
鳴海 章 ニューナンブ
鳴海 章 街角の犬
鳴海 章 えれじい
鳴海 章 マルス・ブルー
鳴海 章 中《なか》継《つぎ》刑事《デカ》〈捜査五係申し送りファイル〉
鳴海 章 フェイスブレイカー
中嶋博行 検察捜査
中嶋博行 違法弁護
中嶋博行 司法戦争
中嶋博行 第一級殺人弁護
中嶋博行 ホカベン ボクたちの正義
中村天風 運命を拓く〈天風瞑想録〉
夏坂 健 ナイス・ボギー
中場利一 岸和田のカオルちゃん
中場利一 バラガキ〈土方歳三青春譜〉
中場利一 岸和田少年愚連隊
中場利一 岸和田少年愚連隊 血煙り純情篇
中場利一 岸和田少年愚連隊 望郷篇
中場利一 岸和田少年愚連隊 外伝
中場利一 岸和田少年愚連隊 完結篇
中場利一 純情ぴかれすく〈その後の岸和田少年愚連隊〉
中場利一 スケバンのいた頃
中山可穂 感情教育
中山可穂 マラケシュ心中
中村うさぎ 倉田真由美 うさたまのいい女になるっ!〈暗夜行路対談〉
中山康樹 リッスン〈ジャズとロックと青春の日々〉
中山康樹 ビートルズから始まるロック名盤
中山康樹 ジョン・レノンから始まるロック名盤
中山康樹 伝説のロック・ライヴ名盤50
永井するみ 防風林
永井するみ ソナタの夜
永井するみ 年に一度、の二人
永井するみ 涙のドロップス
永井 隆 ドキュメント 敗れざるサラリーマンたち
中島誠之助 ニセモノ師たち
梨屋アリエ でりばりぃAge
梨屋アリエ ピアニッシシモ
梨屋アリエ プラネタリウム
梨屋アリエ プラネタリウムのあとで
梨屋アリエ スリースターズ
中原まこと いつかゴルフ日和に
中原まこと 笑うなら日曜の午後に
中島京子 FUTON
中島京子 イトウの恋
中島京子 均ちゃんの失踪
中島京子 エルニーニョ
奈須きのこ 空の境界(上)(中)(下)
中島かずき 髑髏《どくろ》城の七人
内藤みか 尾谷幸憲 LOVE※〈ラブコメ〉
永田俊也 落語娘
中村彰彦 名将がいて、愚者がいた
中村彰彦 義に生きるか裏切るか〈名将がいて、愚者がいた〉

講談社文庫　目録

中村彰彦　知恵伊豆と呼ばれた男〈老中松平信綱の生涯〉
長野まゆみ　簞笥のなか
長野まゆみ　となりの姉妹
長野まゆみ　レモンタルト
長嶋　有　夕子ちゃんの近道
長嶋　有　電化文学列伝
永嶋恵美　転落
永嶋恵美　災厄
永嶋恵美　擬態
中川一徳　メディアの支配者(上)(下)
永井　均／内田かずひろ　絵　子どものための哲学対話
なかにし礼　戦場のニーナ
中路啓太　火ノ児の剣
中路啓太　裏切り涼山
中路啓太　己惚れの記
中島たい子　建てて、いい？
中村文則　最後の命
中村文則　悪と仮面のルール
中田整一　トレイシー〈日本兵捕虜秘密尋問所〉
編／解説中田整一　真珠湾攻撃総隊長の回想〈淵田美津雄自叙伝〉
中村江里子　女四世代、ひとつ屋根の下
南淵明宏　異端のメス〈心臓外科医が教える病院のウソを見抜く方法！〉
中野美代子　カスティリオーネの庭
中野孝次　すらすら読める方丈記
中野孝次　すらすら読める徒然草
中山七里　贖罪の奏鳴曲《ソナタ》
西村京太郎　天使の傷痕
西村京太郎　D機関情報
西村京太郎　名探偵が多すぎる
西村京太郎　ある朝　海に
西村京太郎　脱出
西村京太郎　四つの終止符
西村京太郎　おれたちはブルースしか歌わない
西村京太郎　名探偵も楽じゃない
西村京太郎　悪への招待
西村京太郎　七人の証人
西村京太郎　ハイビスカス殺人事件
西村京太郎　炎の墓標
西村京太郎　特急さくら殺人事件
西村京太郎　変身願望
西村京太郎　四国連絡特急殺人事件
西村京太郎　午後の脅迫者
西村京太郎　太陽と砂
西村京太郎　寝台特急あかつき殺人事件
西村京太郎　日本シリーズ殺人事件
西村京太郎　L特急踊り子号殺人事件
西村京太郎　寝台特急「北陸」殺人事件
西村京太郎　オホーツク殺人ルート
西村京太郎　行楽特急《ロマンスカー》殺人事件
西村京太郎　南紀殺人ルート
西村京太郎　特急「おき3号」殺人事件
西村京太郎　阿蘇殺人ルート
西村京太郎　日本海殺人ルート
西村京太郎　寝台特急六分間の殺意
西村京太郎　釧路・網走殺人ルート
西村京太郎　アルプス誘拐ルート
西村京太郎　特急「にちりん」の殺意

講談社文庫　目録

西村京太郎　青函特急殺人ルート
西村京太郎　山陽・東海道殺人ルート
西村京太郎　十津川警部の対決
西村京太郎　南　神　威　島
西村京太郎　最終ひかり号の女
西村京太郎　富士・箱根殺人ルート
西村京太郎　十津川警部の困惑
西村京太郎　津軽・陸中殺人ルート
西村京太郎　十津川警部C11を追う
西村京太郎　越後・会津殺人ルート〈追いつめられた十津川警部〉
西村京太郎　華麗なる誘拐
西村京太郎　五能線誘拐ルート
西村京太郎　シベリア鉄道殺人事件
西村京太郎　恨みの陸中リアス線
西村京太郎　鳥取・出雲殺人ルート
西村京太郎　尾道・倉敷殺人ルート
西村京太郎　諏訪《すわ》・安曇野《あずみの》殺人ルート
西村京太郎　哀しみの北廃止線
西村京太郎　伊豆海岸殺人ルート

西村京太郎　倉敷から来た女
西村京太郎　南伊豆高原殺人事件
西村京太郎　消えた乗組員《クルー》
西村京太郎　東京・山形殺人ルート
西村京太郎　八ヶ岳高原殺人事件
西村京太郎　消えたタンカー
西村京太郎　会津高原殺人事件
西村京太郎　超特急「つばめ号」《イベント・トレイン》殺人事件
西村京太郎　北陸の海に消えた女
西村京太郎　志賀高原殺人事件
西村京太郎　美女高原殺人事件
西村京太郎　十津川警部　千曲川に犯人を追う
西村京太郎　北能登殺人事件
西村京太郎　雷鳥九号《サスペンス・トレイン》殺人事件
西村京太郎　十津川警部　白浜へ飛ぶ
西村京太郎　上越新幹線殺人事件
西村京太郎　山陰路殺人事件
西村京太郎　十津川警部　みちのくで苦悩する
西村京太郎　殺人はサヨナラ列車で

西村京太郎　日本海からの殺意の風〈寝台特急「出雲」殺人事件〉
西村京太郎　松島・蔵王殺人事件
西村京太郎　四国情死行
西村京太郎　十津川警部　愛と死の伝説(上)(下)
西村京太郎　竹久夢二　殺人の記
西村京太郎　寝台特急「日本海」《メモリー・トレイン》殺人事件
西村京太郎　十津川警部　帰郷・会津若松
西村京太郎　特急「あずさ」《アリバイ・トレイン》殺人事件
西村京太郎　特急「おおぞら」《ハイデッカー・エクスプレス》殺人事件
西村京太郎　寝台特急「北斗星」《ロイヤル・トレイン》殺人事件
西村京太郎　十津川警部　姫路・千姫殺人事件
西村京太郎　十津川警部の怒り
西村京太郎　新版　名探偵なんか怖くない
西村京太郎　十津川警部「荒城の月」殺人事件
西村京太郎　宗谷本線殺人事件
西村京太郎　奥能登に吹く殺意の風
西村京太郎　特急「北斗1号」《スーサイド・トレイン》殺人事件
西村京太郎　十津川警部「悪夢」通勤快速の罠
西村京太郎　十津川警部　五稜郭殺人事件

2014年12月15日現在